《明商好故事(三)》编委会

顾　　问　肖明光　黄冠华

主　　任　颜虎成　朱昶凯

副 主 任　陈宇鸿　李小锋　连期望　林　熹

主　　编　李小锋

执　　行　林志彻

三明市工商业联合会（总商会）编

明商好故事（三）

明商成长样本解码

海峡出版发行集团｜海峡文艺出版社

图书在版编目(CIP)数据

明商好故事.三,明商成长样本解码/三明市工商业联合会(总商会)编.一福州:海峡文艺出版社,2022.10

ISBN 978-7-5550-3130-7

Ⅰ.①明… Ⅱ.①三… Ⅲ.①通讯－作品集－中国－当代 Ⅳ.①I253.3

中国版本图书馆 CIP 数据核字(2022)第 166836 号

明商好故事(三)
　　　　——明商成长样本解码

三明市工商业联合会(总商会)　编

出 版 人	林　滨
责任编辑	刘含章
出版发行	海峡文艺出版社
经　　销	福建新华发行(集团)有限责任公司
社　　址	福州市东水路 76 号 14 层
发 行 部	0591－87536797
印　　刷	福建东南彩色印刷有限公司
厂　　址	福州市金山浦上工业区冠浦路 144 号
开　　本	720 毫米×1010 毫米　1/16
字　　数	180 千字
印　　张	11.75
版　　次	2022 年 10 月第 1 版
印　　次	2022 年 10 月第 1 次印刷
书　　号	ISBN 978-7-5550-3130-7
定　　价	39.00 元

如发现印装质量问题,请寄承印厂调换

前　言

2022 年，是党的二十大召开之年，是实施"十四五"规划承上启下的关键之年，是全面落实三明市第十次党代会部署的开局之年。

在这样一个关键时间节点，面对新冠疫情持续冲击、百年变局加速演进、外部环境复杂严峻，民营企业发展中的困难和问题明显增多。党中央明确要求，疫情要防住、经济要稳住、发展要安全。各级党委和政府先后出台了诸多惠企政策，支持企业发展力度不断加大。三明市民营企业进一步传承弘扬"晋江经验"、激发创新创业创造活力，成为三明经济高质量发展的重要支撑。三明经济发展不断取得新成绩，广大明商功不可没。

党的十八大以来，以习近平同志为核心的党中央高度重视，大力支持，推动和激励广大民营企业奋力拼搏、蓬勃发展，使之成为推进经济社会发展的重要力量。习近平总书记强调，我国民营经济只能壮大、不能弱化，不仅不能"离场"，而且要走向更加广阔的舞台；要落实鼓励引导支持民营经济发展的各项政策措施，为各类所有制企业营造公平、透明、法治的发展环境；党和国家在民营企业遇到困难的时候给予支持、遇到困惑的时候给予指导，就是希望民营企业放心大胆发展……习近平总书记的亲切关怀、殷殷嘱托，让广大民营企业家倍感温暖、备受鼓舞。

今年以来，三明市上下认真贯彻落实习近平总书记关于推动民营经济发展的重要讲话重要指示批示精神，以更高站位、更大力度、更实举措，推动一产稳中有进、二产优化提升、三产深挖潜力，民营经济继续呈现稳中向好发展态势。截至上半年，三明市民营企业和个体工商户达 33.1 万家，上缴税收占三明市总额的 69.8%，规上工业民营企业增加值占总值的 81.3%，民间投资同比增长 11%，占三明市固定资产总投资的 68.1%，出口同比增长 35.2%，占三明市总额的 100%。

创业的过程是自我价值实现的过程，是放飞人生理想目标的过程。改革开放以来，一大批有胆识、勇创新的明商融入商海大潮，乘风破浪、茁壮成长，形成了具有鲜明时代特征和地域特色的商业群体。《明商好故事（三）》共介绍了 30 位优秀明商代表，既有三明本土的创业者，也有外来的投资者，还有异地的打拼者。他们有的扎根三明创业，有的走向全国发展，有的甚至还勇敢跨出国门。他们从事的行业既有传统产业，也有新兴产业，还有高科技产业等。这些优秀明商的创业故事，展现的不仅是创业历程的艰辛，还有成就梦想的愉悦。他们精彩的奋斗故事必定能为广大明商创业提供借鉴和参考，从而推动明商企业更高质量发展、促使个人价值更加充分体现。

三明地处山区，民营经济发展关键要靠自身"骨头长肉"。三明市委、市政府提出，要坚持大抓招商，发扬"四千精神"，推广产业链招商等"七种招商工作法"，促进更多大项目好项目落地建设；要坚持大抓项目，落实"五个一批"项目推进机制，推动"三大一重"项目建设，夯实高质量发展项目支撑；要坚持大抓产业，加快构建"433"现代产业体系，抓好小吃、文旅康养等特色产业和氟新材料、石墨和石墨烯、稀土新能源、生物医药等战略性新兴产业发展，推动老工业基地科技转型、绿色转型。发展时不我待，实干成就未来。三明市委、市政府的决策部署必将激发广大明商牢记嘱托、立足实际、苦干实干，在全方位推动三明高质量发展超越中主动作为、奋发有为、担当善为。

潮平岸阔风正劲，扬帆起航正逢时。在牢记习近平总书记的重要嘱托，奋力推进三明革命老区高质量发展示范区建设的答卷中，希望广大明商坚守实业主业，深入推进创新发展、转型升级，加快实现数字变革、绿色低碳发展，努力振兴实体经济，打造更多具有国内外影响力的三明产品和品牌；强化科技创新，加大研发投入，广招优秀人才，着力攻克关键核心技术，努力实现自立自强；深化开放合作，主动融入海上丝绸之路核心区建设、"大招商招好商"攻坚战，积极开拓国内国际两个市场、两种资源，让更多高端要素汇聚三明，更多三明产品和服务走向全国乃至世界，以优异成绩庆祝党的二十大胜利召开。

目　录

4

李成文

提升产业链供应链现代化水平，
大力推动科技创新，加快关键核心技术攻关，
实现质量更好、效益更高的发展。

打造一流速冻食品企业

——记三明市工商联副主席、三明市长乐商会会长、福建天清食品有限公司董事长李成文

大疫当前，百业维艰，但危中有机。天清食品一手抓疫情防控，一手抓复工复产，同时根据市场需求，在创新上持续发力，销售行情回暖看好，年产值持续再创新高。

从贸易商发展为生产商，天清食品已经走过了十五个年头，拥有 10 多家分公司和一流标准食品生产厂房、先进自动化生产线，生产的速冻肉制品和鱼糜制品种类达 200 多个，在全国 5 大片区开辟了 30 多个区域市场。

15 岁来到三明，从此走上创业之路，李成文的事业顺风顺水。然而，波澜之下，他决非坐享其成，成功的秘诀是——抓住机遇、顺势而为、敢闯敢拼、坚持创新。

抓住主业　布局全国

20 世纪 80 年代，李成文的父亲在三元区城关做干海产品和农副产品批发、零售，先后在红杏商场、大三元商厦租摊位、店面经营，那时候，生意很好做，一年营业额大约可以做到 100 万元。

1988 年，李成文初中毕业后来到三明，跟着父亲学做生意。1989 年，他就能独自到各县（市）寻找代理商，开发市场了。1991 年，他跟着父亲到福州农贸市场进货，经常是半夜坐绿皮火车，第二天凌晨到福州，每次都采购了一车的货。李成文学得很快，到了第二年，就可独自一人完成产品采购了。在他的建议下，店面又增加销售烹饪调味品。

火锅料是福建的特色产品之一，随着人们生活水平的提高，逐渐走上了更多百姓的餐桌。1996 年，李成文尝试经营火锅料等冷冻食品业务，不想这次尝试为他后来事业发展找准了方向。在旺季时节，一次进货 1000 件，一两天就能卖掉，而且利润颇丰。这样的意外惊喜，把李成文的目

光吸引到了冷冻食品上面。

1999年，李成文将干货业务转给亲戚打理，自己专营火锅料冷冻食品的批发、零售。这一年起，直到2006年，他先后在上海、江苏、湖北、河南等地租冷库、店面，批发或零售冷冻食品，还代理海霸王、思念等知名品牌速冻食品。2003年，李成文进入江苏无锡市场，短短两年时间，营业额从零起步，做到了3000多万元。同样的意外惊喜，让他再次看到了冷冻食品的巨大空间。

敏锐洞察市场，采取自营与代理相结合的模式，思想上贴近客户，行动上跟紧一线，在全国重点区域拓展市场，业务逐年提升。1992年，李成文和他父亲的门店总营业额突破500万元，四年之后的1996年达到了1000万元，十年之后的2006年再创新高达1亿多元。天清食品也从一个小营业部发展为贸易公司，在冷冻食品的批发或零售领域有了一席之地，为后来的实体发展奠定了坚实基础。

做强实体　打响品牌

有了覆盖全国的销售网络、快速递增的市场销售量、足够的资金储备和技术研发队伍，李成文具备了投资办厂的基本条件。

2006年，李成文投资3600多万元，在永安尼葛工业园区，创办福建天清食品有限公司，生产速冻肉制品和鱼糜制品，2008 年产品上市。2009 年，投资 1600 万元，建设 9000 平方米生产车间，企业产能翻了一番；2013 年，投资 3500 多万元，建立冷链物流，实现生产、仓储、销售、冷藏、物流一体化。

福州的迷你食品创立于 1956 年，经营纯手工小吃，产品有肉燕、鱼丸、鱼滑、芋泥等，有的还出口到日本、韩国等国家，是中华老字号产品。这家企业是李成文的合作伙伴之一，由于股东年纪大了，没有合适的传承人，李成文思考后，决定收购迷你食品。2014 年，他出资 690 万元控股迷你食品，添置了一些生产设备，增加了许多新品种，业务每年以 20% 的速度递增。2018 年，他又投资 1600 万

元，在马尾的名城冷库买了厂房，迷你食品从此有了自己的生产基地。

李成文的销售网络主要集中在南方城市，北方市场则相对偏弱，随着生产规模的不断扩大，拓展北方市场成为企业的发展战略。位于胶东腹地的莱阳有个中国绿色食品城，是北方食品加工企业的集中区之一。2017 年，李成文先后投入 4500 多万元，创办山东天清食品有限公司，购置 30 亩土地，建设容量为 1 万吨的冷库、8000 平方米的厂房等。

由于市场快速发展和消费者理念转变，山东天清三次调整发展定位，选定了走高端产品路线。2019 年，先后与叮叮鲜食、海底捞、千味央厨等建立战略合作伙伴关系；2020 年，又与青岛蒙来顺合作，通过了呷哺呷哺，锅圈食汇等连锁企业的审核。此外，应对疫情市场变化，2021 年，福建天清新研发了韭菜鱿鱼卷、冬笋肉卷两个产品，大受市场欢迎；2022 年，着力打

带领团队参加展会

下车间检查指导生产

造样板市场，在全国开发空白市场。

民以食为天，食以安为先。自从创办实体开始，李成文就以"开发绿色食品、关注大众健康"为使命任务，以"质量是企业的生命、安全是食品的灵魂"为管理理念，全力打造一流速冻食品企业。"我们的生产原料主料都是来自国内知名的大企业。"李成文说，鸡肉的供应商为圣农、春雪和森宝，猪肉则来自金锣、森宝和龙大。此外，在鱼浆的选择上，天清全部采购来自福建东山、温陵松门及浙江舟山三大

海域的海鱼。

得益于对品质和品牌的追求，天清食品在同行中较早通过了ISO9001质量管理体系认证和ISO22000食品安全管理体系及测量体系认证，被授予全国主食加工业示范企业、福建省农业产业化重点龙头企业、福建省农产品加工示范企业、福建省讲诚信重质量企业、福建省重质量讲效益企业、福建省诚实守信示范单位等称号，"天清食品及图"还被认定为中国驰名商标、福建省著名商标等。

创新升级　办好企业

创新是企业发展的核心动力。对速冻食品企业来说，亦是如此。

打造一流速冻食品企业，没有核心竞争力，只能是一句口号。"只有通过创新，才能实现由劳动密集型向技术密集型转变、实现由低层次的价格战和广告战向高层次的品牌竞争转变，围绕这个战略目标，天清食品一直在努力奋斗。"李成文说。

基于这样的理念，近年来，李成

文不断加大研发投入，每年投入的资金始终保持在 200 万元以上，还组建了一支由 9 人组成的研发团队。2018 年，他投入 150 万元，对原实验室进行升级改造，确保原辅料进厂和产品出厂全部合格；2019 年，从全国引进了 3 名冷冻食品专业高级人才，投入 200 多万元建立研发室。截至目前，

天清牛肉丸

天清食品共获得 14 项实用新型专利、12 项外观包装专利和 1 项发明专利，每年新品开发都在 10 个以上。

"生产产品前，我在速冻食品销售领域摸爬滚打了十多年，深知客户的需求。在把握市场的基础上，我们不断创新升级，开发新品，成为知名连锁企业的合作商，比如我们是永辉、大润发等大型超市的配套供应商。"李成文说。为满足市场需求，提高市

场占有份额，2020 年，他对永安的原厂房进行升级改造，投入 265 万元购置新设备，包括 4 条包装生产线、蒸煮炉、分检机、拉伸膜机、速冻急冻库及机组等。

2022 年 3 月，李成文到全国市场走访客户，了解疫情对产品销售的影响，虚心听取各地代理商的建议和意见。回到永安总部后，他立即召开企业高层会议，针对现阶段市场存在的问题，提出具体解决方案，如组织研发团队研发新品，尝试电商等新零售方式，以及制定系列全套营销方案，努力把疫情造成的损失降到最低。

当前，以国内大循环为主体、国内国际双循环相互促进的新发展格局，是天清食品强势发展的又一个新起点。李成文认为，天清食品的任务，就是集中力量办好自己的事，特别是要提升产业链供应链现代化水平，大力推动科技创新，加快关键核心技术攻关，打造未来发展新优势，实现质量更好、效益更高的发展，不断演绎"天天美味、清清爽爽"的恒久篇章。

谢海林

在广泛而绵长的产业链条上，
现代化科技之路有多长，
仪器仪表就能走多远。

永攀高峰　领跑市场

——记三明市工商联副主席、上海市三明商会会长、上海广信实业有限公司总经理谢海林

仪器仪表是指用以检出、测量、观察、计算各种物理量、物质成分、物性参数等的器具或设备，被人们认为是认识世界的工具，还把它形象地形容为工业生产的"倍增器"、科学研究的"先行官"、现代生活的"物质法官"。

尽管仪器仪表的用途极其广泛，与我们的日常生活息息相关，但由于它的专业性、特殊性，人们对它似乎又很陌生，把它视为偏门。2020年3月，中央将仪器仪表及其核心部件定位为通信测试、装备运维、智能感知和大数据获取等的重要保障。随着产业持续转型升级，我国仪器仪表行业迎来了新的发展机遇。2021年，全国规上仪器仪表制造企业实现利润总额957亿元，同比增长11%。

广结良友、信服天下，专心专注仪器仪表销售33年，谢海林不仅见证了行业的发展变迁，而且汇集了国内外的众多品牌产品，在经济活跃的大上海具有一定知名度和影响力。

全国参展　驻点上海

1987年，初中毕业后，谢海林被一所中专学校录取，由于家庭和个人的原因，他没有选择继续读书，而是去了三明市三元电子器材有限公司工作，这一年他年仅19岁。

这家企业是他婶婶开办经营的，主要经营各种仪器仪表，有国产的，也有进口的。由于仪器仪表的用途指向明确，销售渠道主要是通过参展。展会一般由行业龙头企业组织，每年都有好几次。谢海林参加工作后，第一次参展去的是河北邯郸。从三明火车站出发，坐的是绿皮火车，中途还要转车，没有座位，一直站着，实在累了，就蹲坐过道小睡。

这样的苦累才只是开始，在随后的两年时间里，谢海林随企业团队到

参加上海市工业博览会

上海、南京、成都、武汉等数十个城市参展。每次参展的企业不少，客户却不多，都要精心准备好宣传图册，以便于与客户交流。有时候，现场没有接到订单，还要会后通过电话等再联系洽谈。参加了数十个展会，看了各种各样的仪器仪表，谢海林渐渐对这个行业有了一定的了解。

上海及其周边交通便利，各种不同类型的产品汇集，又有众多的用户资源，为了业务发展需要，三明市三元电子器材有限公司决定在上海设立办事处。1989年，年轻的谢海林被派往上海任职，负责联络客户和进货等。

坐了20多个小时火车，到了上海站，内心激动澎湃，出口处人山人海，簇推着他不由自主地向前走。与以往不同的是，这一次，他不是过客，而是要融入大上海。

晚上，谢海林住在三明市政府驻沪联络处，一个房间有8个床位，每晚5元；白天，背着几十斤的样品，挤7毛钱的公交车，走访联系客户，饿了就用面条或馒头充饥。一个年轻人在陌生的环境中独自经受着寒冷、酷暑、白眼、困惑、孤独……

把握生命里的每一分钟，全力以赴心中的梦想，在经历风雨之后，谢海林看见了阳光彩虹。无锡电视机厂、上海铁路通讯厂、上海电力学校等一批单位先后成为他的客户，第二年，他在上海做的业务量达 200 多万元。时间和市场证明了他的能力。

敏于商机　自主创业

20 世纪 90 年代中期的上海，是创业者的乐园，来自全国甚至世界各地的人在这里书写着不同的创业传奇。当《春天的故事》唱遍三山五岳、大江南北的时候，谢海林已在大上海打拼了五年，思想更加成熟了，思路更加活跃了。然而，他此时的内心深处正处于一场艰难的抉择。

有一天，有位同学来拜访，是开着车来的，腰间别着 BB 机，手持大哥大，说是辞职下海了，开了公司，来上海跑业务。近几年，谢海林常听说或眼见许多朋友、亲戚自己创业，赚了钱，只是佩服，没有多想。这位同学，从小一起长大，儿时情景如在昨日，今天竟然有这样的传奇，他的心里起了不小的波澜。这真是一个传奇的时代，上海更是一个传奇的城市，自己甘心做个传奇的看客吗？

然而，自主创业，另起炉灶，会被视为背叛吗？自己能够来到大上海，可是离不开婶婶的关照啊。创业，万一失败了，怎么办？谢海林不是一个冲动的人，善于低头思考的性格，使得他具有了弯腰前冲而减少阻力的正确姿态。

1994 年的一个春日，人行道旁的樱花开得灿烂夺目，谢海林来到上海仪器仪表供应站接洽业务，那场面让他震撼，觉得太不可思议了。偌大的供应站人流如潮，等待签订合同的人排着长队，生意为什么这么火爆？漫长的半天时间的等待，为谢海林的思绪飞奔铺设了"跑道"，

参加企业代理商年会

9

几圈"跑"下来，他兴奋激扬，再也按捺不住了，前行的路"跑"通了。

向前奔跑的激情和梦想，让谢海林抛下了顾虑的包袱。他征得婶婶同意后，创办了自己的企业。上海市四川中路电子产品一条街，一家名为"广信"的企业悄然挂牌了，谢海林决心要把它做到行业的前列。"以前都是用三明的发票给上海的客户，后来上海的客户都要求用上海的发票，这也是广信实业成立的另外一个原因。"谢海林说。

回乡参加县人代会

1995 年的春节，谢海林过得特别地开心，创业之初的第一年就有盈利。信步黄浦江畔，江风冽冽，衣衫不厚，不觉寒冷。初步的成功，更加坚定了他在这个行业继续打拼的决心和信心，也证明了当初判断和取向的正确。

洞察市场　不断进取

从认知上海到融入上海，谢海林充分感受到上海交通便捷、市场发达、发展迅猛，更对仪器仪表及其市场有了更为通透的熟知。随着科学技术的发展，电子产品门类更为繁多、使用领域更为广泛。如家用电器制造、通信工具、IT 器材、新能源汽车制造、人工智能、物联网、电力设施、城市轨道交通、高速铁路、航天航空及军事科技等，都要大量运用电子精密检测产品。他认为，在这样广泛而绵长的产业链条上，上游的电子产品制造端越发达，下游的消费、服务、维修等就越兴旺，而仪器仪表上下贯通，处于行业的中端位置，更是商机无限。可以说，现代化科技之路有多长，仪器仪表就能走多远。

敏锐的感受力、准确的判断力、坚定的执行力，使得谢海林具有更强的对市场变化的掌控能力。企业创办的前几年，只要是仪器仪表，不管哪里生产的、来自哪个厂家的，他都代理经销。随着市场的逐步成熟规范，不论对电子产品本身，还是对检测工具，制造方、使用方、监督方都在不断提高门槛。1997年，他前往深圳考察，与优利德（美国福禄克代工企业）签约合作，代理优利德电子检测仪器仪表。2000年，他直接与美国福禄克签约合作，在上海开设旗舰店，成为该企业在中国东部的重要代理商。

上海市北京东路668号科技京城东临外滩，西连人民广场，背靠苏州河，面向南京路步行街和福州路文化街，整个区域浸润着上海繁华商贸的历史与文化，是上海最具影响的科技园区。随着业务的发展，谢海林将总部迁到了这里，为客户现场体验操作提供更好场景。近年来，广信实业在美国、德国、英国、日本及港台地区拥有许多优质的长期合作伙伴，所销售的仪器仪表以FLUKE、TEK-TRONIX、KEITHLEY、AGILENT、TESTO、GW、UNI-T、RAYTEK、HIOKI、YOKOGAWA、三和等著名品牌为主，还代理德力、长盛、中策、同惠等知名品牌产品。他还在京东、天猫等网络平台开设旗舰店，实行线上线下互为补充的经营模式。

乘风破浪，稳立潮头。广信实业秉持"专业、诚信、务实"的理念，专注经营各门各类的电子测量仪器仪表，服务的客户包括许多全球500强企业，如PHILIPS、MOTOROLA、SIEMENS、贝尔等，还有国内重点研究所、计量院、知名高校和大型企业，涉及广播电视、航空航天、铁路、科研及通信设备制造等行业，受到广大用户的支持与信赖。

随着制造业数字化、网络化和智能化的发展变化，作为制造数据获取的基本感知、测量工具，仪器仪表已成为人工智能、大数据分析、工业互联网等技术与实体经济深度融合的核心纽带。谢海林说，2020年以来，国际形势的剧烈变化与仪器仪表产业密切相关，战"疫"和新基建等所需仪器仪表量十分巨大，仪器仪表行业在全球制造业格局重塑、制造业转型升级、科技强国和国家高质量发展中的地位作用正日益突显。

陈家勤

老百姓放心又实惠、
好多多诚信系万家,
这是好多多超市始终不变的宗旨。

与民同进　与爱同行

——记三明市工商联副主席、福建好多多商贸集团有限公司董事长陈家勤

好多多心系百姓，百姓情系好多多。在三明，好多多超市可谓家喻户晓、妇孺皆知。它不仅是百姓的超市，更是行业的标杆。

老百姓放心又实惠、好多多诚信系万家，这是福建好多多商贸集团成立二十多年来始终不变的宗旨，也是集团创始人陈家勤的成功之钥。

与民同进，与爱同行。陈家勤的创业故事和好多多超市的深入人心，始终离不开"爱心"和"人民"两个关键词，以及他"服务百姓、善待员工"的初心使命。

下好"先手棋"

20世纪90年代，20岁出头的陈家勤从尤溪的一个小山村来到三明市区。人生地不熟，白手起家，自主创业，陈家勤靠的就是一个坚定的信念：选择与老百姓日常生活息息相关的行业，扎根下来，稳步发展。

胸怀梦想，脚踏实地，行稳致远。

陈家勤先是开设一家批零兼营的食杂店，积累了一定的资本和经验，又争取到美国箭牌口香糖和国内知名快消品清风纸等多个品牌的三明地区的代理权。慢慢地，随着代理品牌的日益增多，代理区域也逐渐扩大到全省，从而积累了大量厂家和客户资源。

发挥渠道资源优势，开一家百姓享受批发价的超市，陈家勤看中了闲置的三明市政府食堂。这里偏离主干道，周围多为政府机关、住宅楼，车少人稀，商业冷清。在这里开超市，靠谱吗？还在改造装修时，许多人见了直摇头。这也难怪，往前多走几步是大街，再拐个弯就是繁华路段了，百货大楼里，商品琳琅满目，谁会来这里买东西呢？但是，陈家勤认为，顾客看中的是商品的品质和实惠，而不是几街之隔的喧闹。

1999年底，福建好多多商贸集团的首家超市——列东好多多超市隆重开业。在开业期间，超市所有的商品

全部按出厂价销售，轰动了全城，市民挤爆了商场。从此，好多多超市成为列东片区百姓购物的新选择、社区生活的好伙伴。2001年10月8日，好多多三元量贩超市开业更是盛况空前。开张不到10分钟，蜂拥而至的顾客已经挤满了卖场。为确保顾客安全，陈家勤不得不拉下卷闸门，而此时场外的人流挤满了从崇荣路口到富兴堡路口的道路，穿城而过的205国道一时阻塞，以致当日上午超市不得不闭门谢客。人山人海的景象，带动了周边商场的人气，生意跟着爆棚。其他好多多连锁超市的开业也无不是全民捧场，犹如狂欢节一般，被业界称之为"好多多开业效应"。

从一家超市发展为连锁超市，从连锁超市拓展到连锁酒店，从租赁商场到购置物业经营，陈家勤的成功靠的就是稳步前行、持续创新。面对国际国内商超巨头的竞争，他在战略上以不变应万变，但在战术上却不断推陈出新。如绕过经销商中间环节，直接与厂家对接直供，把实惠让利给消费者；在全市率先引进电子防盗系统、自助收银系统、刷脸寄包柜，科学保护双方的合法权益，尽量减损降耗；首家引进食品安全查询机，只需扫描条形码，就能自助获得产品产地、企业证照等信息，这一做法，被当时的福建省工商局推广。

面对超市行业的快速变化，陈家勤意识到学习的重要，他多次到清华、北大、复旦、浙大和北京对外经贸大学等高校学习，并带领管理团队多次赴美、日、韩和欧洲国家及港、澳等地区考察最新商业模式，努力争当商超行业发展的领先者。企业的美誉也接踵而来——全国商贸流通服务业先进集体、中国放心超市、中国营

养健康产品指定商超、福建百佳形象企业、福建省商贸流通十佳企业、福建省著名商标、福建绿色商场……

念好"民生经"

从小接受传统教育的陈家勤，有着非常朴素的价值理念——做事先做人，利己先利人。更难能可贵的是，他始终将以民为本的思想贯穿于好多多集团发展全过程。

二十多年前，三明市区商铺扎堆于繁华街道，当时梅列的列东街、三元的崇荣批发街常是一铺难求。陈家勤偏偏走差异化发展路线，把超市开在居民区周边，不断抢占市区的"金角银边"。地段偏，费用就低，他把省下来的钱直接让利给顾客，让百姓购物既实惠又舒心。在当时，这种经营模式倡导了商业风气之先。人们渐渐发现一个有趣现象，好多多超市开到哪里，周边的商铺也跟着繁荣起来，"冷"地段有了"热"生意。

商超担负着沉甸甸的保民生惠百姓、稳物价定市场的社会责任。陈家勤推行"农超对接、基地直供、产销一体"的模式，既保证了超市生鲜优势，又减少了流通环节成本，市民直接受益，好多多的生鲜口碑也在老百姓口中传开了。尤其是超市的蔬菜、

水果、海产品等，由于从原产地直供，没有中间环节，且货品新鲜、价格实惠，成为消费者的购物首选。

2019 年 12 月，福建好多多商贸集团举办二十周年庆，陈家勤承诺，无论是现在，还是将来，在保障"菜篮子"、建设"平价超市"上，我们一直是市场供应的稳定器和压舱石。

世纪之交的那些年，国有企业下岗职工多，而就业途径少，好多多连锁超市每次招聘员工，都会吸引几百人乃至上千人报名。陈家勤坚持优先招聘国有企业下岗职工，先后为 1000 多人提供再就业岗位，为社会和谐稳定尽一份力。

优秀的团队是企业最大的财富，陈家勤善待每位员工，坚持企业效益与员工同分享。2019 年，他在三元好多多超市提出每位员工月薪涨 1000 元时，大家都觉得不可思议，但他真就兑现了承诺。此外，员工还享有国家规定的劳动保障和每月一次集体活动等，并通过各种形式评比、表彰奖励、继续教育、业务培训、旅游考察等，不断推出福利，持续提升待遇。

谱写"爱心曲"

超市是民生工程，背后是一份温暖的责任。陈家勤始终把这份责任放

食品区检查指导

在重要位置，坚持打造便民超市、平价超市、民心超市。好多多连锁超市承诺：天天实惠。天天惠民，意味着天天让利。陈家勤要求，同样品质的商品，价格不可高于同行，要以诚信取信于民，以平价造福百姓。在各个重大节假日，好多多连锁超市还承担着县（市、区）两级政府指定的平价供应粮油蔬菜的责任。

2020 年，新冠肺炎疫情发生后，有的市民担忧市场供应短缺，大年初二，就到超市抢购商品。面对这一情况，陈家勤在主流媒体上公开承诺：抗疫期间绝不涨价。他召集所有采购人员，要求他们放弃休息，全力以赴保供应。所有员工没有一个人推辞，立即投入到工作中。他们加班加点，深入田间地头，到蔬菜基地和周边农户家里动员紧急采摘；同时联系厂家调拨紧缺物资，利用自身冷链物流优势，在 24 小时内就解决部分商品短缺问题，保证了春节期间商品稳定供应。在物价方面，全市 11 家好多多连锁超市全部实行统一定价，即由原来的门店根据集团的指导价，按市场行情自行定价，改为由集团统一定价，确保疫情特殊时期商品的平价销售。

病毒无情，人间有爱。福建好多多商贸集团用实际行动展现了民营企业的浓浓爱心和满满的正能量，践行了明商敢担当、有作为的品格与情怀。1 月 27 日，陈家勤向三元区红十字会捐赠 10 万元现金；2 月 1 日，他看到疫情发展形势十分严峻，再次向三明市红十字会捐赠 20 万元。此外，他还向防疫单位两次捐献消毒用品，将集团旗下的好莉来大酒店 100 多间客房免费提供给参与抗击疫情的医务人员住宿，为援鄂的医护人员家属免费赠送生鲜食品等，直至抗疫结束，并在集团内部设立抗疫专项基金。

二十多年来，好多多超市得到了广大百姓的支持和信赖，陈家勤对此内心充满感恩，因而主动践行责任、回馈社会。他积极参与建桥铺路、修建学校、助教助学、抗震救灾，建立老人基金会、教育基金会，扶贫助弱、访贫问苦……累计捐款捐物达 300 多万元。2007 年，陈家勤在市区的台江和下洋买了两块地，作为超市的仓储用地。后来，三元区政府拟定在这两块地上建学校，他认为，支持教育事业是企业应尽的责任。于是，他不讲任何条件，把地让了出来。2013 年，因桥西市场占道经营影响市容，三元区政府领导找到陈家勤协商，希望把好多多桥西超市让出来，给占道经营户做菜市场。此时，陈家勤陷入了两难。让吧，不仅意味着刚刚投入的 1000 多万元装修资金将损失殆尽，更意味着耗

费巨资购置的桥西市场项目回报率极低，每年间接损失至少 100 多万元；不让吧，不仅影响市容市貌，也影响上百户占道经营户的生活出路。陈家勤思之再三，第二天一早就回复同意让出，并提出了一揽子解决方案，即让出超市三分之二的面积，自行出资改造成菜市场，承诺超市不销售果蔬、水产、肉类等生鲜食品。这样豪爽的答复和不与民争利的胸怀，完全超出了区政府的预期，得到了市、区两级党委和政府的高度赞扬。

立足新起点，担当新使命，迈向新征程。陈家勤和他的福建好多多商贸集团乘着新时代浩荡东风，牢记使命、胸怀民生、肩扛责任、满载爱心，劈波斩浪、扬帆远航，奋力书写下一个二十年更加辉煌的新篇章。

获得全国商贸流通服务业先进集体荣誉

叶德福

对于千千万万的创业者来说，
实现梦想的道路是曲折的，
却又是幸福的。

掘机筑梦　晟心如宏

——记三明市工商联副主席、三明市青年明商联合会会长、闽晟集团城建发展有限公司董事长叶德福

创业，往往听上去很美好，做下去却很艰难，总是充满着艰辛与寂寞、困惑与焦虑、放弃与选择、痛苦与快乐、挑战与机遇……

叶德福的创业之路从一台挖掘机开始。时光荏苒，岁月如梭。二十年间，叶德福从最初的土方工程做起，立足三明、面向全省、辐射全国，企业逐步发展壮大，业务涉及建筑业、物流运输、房屋征收、物资贸易、工程机械设备租赁等，成为三明乃至福建省建筑行业的佼佼者。

敢闯荡有拼劲

福清，素有"海滨邹鲁，文献名邦"之美誉。但由于土地贫瘠，连个地瓜都种不活，近百年来，"福清哥"抗争命运的方式就是闯荡天下。"敢拼会赢"成了他们的集体标签和生动写照。

1996年，不到20岁的叶德福跟着亲戚来到三明创业。此前，他已先后在江西、广东、厦门等地务工了三四年，特别是在厦门路桥开压路机的时间里，让他与工程建设结下了不解之缘。初到三明，山城整洁的城市形象和浓厚的文明之风，深深地吸引了他，也正是从这刻起，他决心要在这里创业与生活了。

这时的叶德福，只是工程建设领域的年轻"后生仔"。亲戚、老乡里有挖土方的工地，他就去帮忙管理，看时间、记车数，从早上五六点至晚上十一二点，都在工地里忙活。每天与工地上的土石方打交道，常常是晴天一身灰，雨天一身泥。和工地上其他的年轻人不一样，叶德福在忙碌之余，常常暗自思索今后的发展路子，因为开过压路机，就想着能否也学开挖掘机，于是就找了一个师傅开始学习。

2000年，叶德福拿着多年的积

到建设工地检查

蓄，再向人借了一些钱，与人合股买了一台挖掘机。虽然只占六分之一的股份，但是挖掘机业务由他独自打理，股东不过问。开的依然是挖掘机，不过事情发生了变化，现在机子是属于自己的，不再是单纯地打工了，心里充满了激动。起早贪黑地干活，有时候困了累了，就在挖掘机上打个盹。叶德福回忆说，那是最难忘、最有干劲的一段时光。

每天只睡 5 个小时的日子，叶德福坚持了两个年头。两年后，他独资购买了一台二手挖掘机，开始尝试独立承包土石方项目。对于一个 20 多岁的年轻人，每年 50 多万元的产值，在当时已是个不错的成绩了。但他并没

有止步不前，因为他心里很清楚，在创业的道路上，自己才刚刚起步，唯有不断地努力和付出，才能真正实现自己的梦想。

2007 年，30 岁出头的叶德福注册成立了自己的第一家企业——闽晟（福建）建设工程有限公司。虽然企业成立之初，只有建筑施工总承包等几个三级资质，但这是他创业之路上的一个新起点。凭着多年积累下的人脉、经验和能力，企业的业务逐步从承包土石方迅速拓展到了建筑施工的多个领域。

2010 年前后，三明许多建筑企业纷纷涉足房地产建设，一直致力于建筑工程的叶德福也动了心，把部分资

金转向了房地产项目。在看到高回报的同时，他忽略了背后的高风险。到了 2013 年，由于经济下行，先前投资的房地产项目陷入困境，投入资金血本无归，还背负累累债务。

叶德福说，那段时间是最煎熬的，他一个人回到了福清老家，把自己关在家里，连续几天几夜没睡个好觉，过往的故事就像电影一样在脑海中重现。痛定思痛，一瞬间，他突然想通了，10 多岁到三明时，不也是什么都没有吗？凭着一股创业热情，一步步脚踏实地，实现了理想。即使艰难如此，自己的主业土石方工程并未受到波及，现在不过是从头开始而已。

从福清回到三明后，叶德福迅速从投资失利的阴影里走出，把所有精

市区房建项目

力集中到工程建设上。正所谓"福兮祸所伏，祸兮福所倚"。一个难得的发展机遇已悄然来到他的身边。

重实干有作为

实力雄厚，诚信为本。闽晟集团拥有土石方工程机械及其他设备百余台，特别是在土石方工程方面，由于机械设备齐全，施工进度快、质量好，有许多工程项目，他的报价虽比别人高，但业主还是选择他，因为综合盘算下来，业主还是能节省不少钱。

2013 年，碧桂园公开竞拍到三明贵溪洋地块，开发建设用地超过 1000 亩，是三明市地产史上单体规模最大的开发项目，仅土石方工程的总额就约有 3 亿元。面对这个前所未有的大项目，许多同行纷纷找到碧桂园洽谈和争取。但是，严苛的工期进度、高标准的施工质量要求，令许多企业望而却步。

经过充分地分析和论证，叶德福团队决定参与竞争，积极与碧桂园有关人员对接沟通，并顺利通过了严格考核，入围土石方工程施工队伍。叶德福知道，签订

合同只是起点，挑战还未开始。他仿佛又是当年那个在工地上不知昼夜努力拼搏的年轻小伙，常常与工人加班加点，盯紧工作质量和进度，最终保质保量完成了约1.5亿元的土石方工程，得到了碧桂园的认可。从这个项目开始，闽晟集团与碧桂园逐步进入深度合作，承接了多个开发总承包项目，建筑产值达10多亿元。

2014年，碧桂园工地施工如火如荼，闽晟集团又成功竞得三明万达项目银锭山土石方工程的一个标段。这个项目是市里的重中之重项目，土石方开挖最高落差达70多米，且大多为坚硬的石方，工期紧、难度大。面对这场硬仗，叶德福统筹安排好施工组织方案，从福厦泉等地紧急调集了部分机械设备。为了抢工期，施工团队做到"设备不停人换班"，24小时不间断挖、装、运，按时出色地完成了400多万方的施工任务。

这两场漂亮的"翻身仗"，不仅让叶德福摆脱了经营困境，也成为闽晟集团发展的转折点。2016年，三明城投广场房建项目公开招标，项目总额达5亿元，全省一两百家企业参与竞标，闽晟集团幸运中标。随着经营项目的不断增多、产值的不断增大，企业也先后取得了10多个总承包、专业承包一级资质，成为三明市最具实力和规模的综合性建筑企业之一。2019年，企业年合同金额突破30亿元，年纳税额突破2000万元，先后获得了省、市守合同重信用企业、工人先锋队、五四青年奖章和梅列区纳税先进企业等荣誉。

讲奉献有情怀

从一家小小的三级建筑企业成长为有着一级资质的企业集团，叶德福拥有一批忠诚于企业的员工。他说，在房地产项目投资失败、企业最困难的时候，没有一个人辞职。企业发展了，自然也要让员工感到温暖。公司每年开展节日主题活动、素质拓展训练等；在员工生日、婚丧嫁娶、子女上学等方面，进行不同形式的慰问；优先接纳退伍军人、失业人员；设立毕业生就业见习基地，提供学习锻炼平台。

叶德福积极参与"光彩行动"等公益事业，资助了多名贫困学子。列东街道有一名困难女童和奶奶相依为命，靠低保金维持生活。经街道办牵头，叶德福与她结成长期的帮扶对子，每月资助生活费，直到她大学毕业；在每年春节等重要节日，还送上慰问品和慰问金，基本解决了祖孙俩的生

活问题。他还向三明市多所学校、扶贫协会、老人协会、阳光乐福家园和宁化武层村等捐赠扶贫帮困资金……

在抢险救灾方面，叶德福更是不计报酬、积极参与。2010 年 5 月，列东虎头山突发滑坡地质灾害，他立即组织带领员工和机械设备投入到抢险工作中，两天两夜在现场指挥，直至险情排除。为了进一步提高企业的专业救援能力，2015 年 5 月，他组织成立了闽晟建设救援队，不久就参加了清流县"5·19"抗洪抢险救灾。2016 年 9 月，17 级台风"莫兰蒂"给厦门市造成重大灾情，急需抢险救灾外援力量，闽晟建设救援队连夜奔赴厦门，连续作战 28 天，迅速高效地完成了抢险救灾任务，厦门市委、市政府特地发来感谢信，并授予锦旗，表示感谢。

2019 年 5 月，闽晟集团又与三明森林消防成立三明市大型工程机械应急救援分队，先后参加了三明市书香世家、列东中学明湖路段等抗洪抢险作业。从 2016 年至 2017 年，企业连续四年被授予市抢险救灾先进单位称号。2021 年，企业获得市优秀民营企业荣誉。

面对突如其来的新冠肺炎疫情，叶德福在第一时间迅速参与到抗击疫情工作中，捐赠 7 万多元和 5 万只口罩。2022 年 3 月，组织 80 多人次参加核酸检测志愿服务，并捐赠帐篷等防疫物资。

青春由磨砺而出彩，人生因奉献而升华。对于叶德福来说，实现梦想的道路是曲折的，却又是幸福的。其实，对于千千万万的创业者来说，又何尝不是如此？面对新形势，叶德福不断学习和探索现代企业管理模式，按照"一业为主、多业并举"的发展模式，秉承"诚信为本、务实规范、崇尚科技、稳健发展"的经营理念，努力朝着国内工程建设知名企业的目标迈进……

23

吴厚望

身披风霜雨雪、头顶日月星辰，
奔赴在旅游的道路上，
无疑是人生最大的快乐。

丹山书锦绣　碧海怀柔情

——记三明市总商会副会长、尤溪县工商联主席、福建翡翠湾旅游发展有限公司董事长吴厚望

人生就像一场旅行，最美的风景在过程。对吴厚望而言，如果说旅行是一种信仰，那么他一直都在朝圣的路上。

尤溪汤川，吴厚望的故乡，这里气候宜人，冬暖夏凉，素有"自然空调"的美称。优美的自然环境赋予了他旅游行者的秉性。

吴厚望当过军人、做过导游、开过酒店、搞过贸易，30岁之前，走遍了祖国的山山水水。丰富的人生阅历锤炼了他果敢决断的性格；广博的见闻培育了他对旅游的独到见解。

旅游梦　精神的归宿

因为热爱旅游事业，20世纪80年代末，部队转业时，吴厚望进入福建省旅游局直属企业福建省旅游有限公司，负责外宾旅游团队接待业务；到了90年代初，全国掀起一股全民经商的热潮，最为典型的是国企员工下海，吴厚望就是其中的一员。他辞职后，到闽侯十八重溪投资创办了石风帆山庄度假酒店。这是福建省较早的旅游度假酒店。

其时，中国旅游业正处于发展的起步阶段，主要还是以入境游客源为主，国内周边游、自驾游的市场还没形成。由于对市场行情预估不足，吴厚望苦心经营了几年后，没有达到预期的理想目标，而被迫逐步转型。他先后参与了一些工程建设和投资贸易。这期间，尽管所从事的投资和贸易收益都很稳定，然而旅游一直是他挥之不去的梦萦，始终放不下对旅游事业的热爱。他的心里深藏着一个理想追求，就是用"诗意情怀"打造"最美风景在过程"的佳作。

2005年8月，当"绿水青山就是金山银山"的声音从浙江湖州的安吉传向中国大地的时候，吴厚望深藏在心中的梦想瞬间被唤醒了，并敏锐地洞察到，随着国家经济和生态环境的平衡发展，中国旅游行业将迎来新的

发展篇章。他仿佛看到，旅游梦想正在向他张开了双臂。他认为，投资旅游产业的时机已经到来。2006年，新年一过，吴厚望就向几十名核心员工宣布：企业的发展重心今后将逐步转入到旅游行业。

旅游产业投资规模大、回收效益慢、开发时间长，如何找到合适的切入口，是吴厚望回归旅游业首先要慎重解决的问题。他想起了他的妻子王毅女士，她非常喜欢大海，他每年都要安排时间陪妻子到国外的海边度假；想起了那些难忘的滨海度假时光，水天一色的长滩、碧蓝如洗的天空，无不令人陶醉其中、乐而忘返；

想起了旅游业内的一句行话——"中国一放假，忙坏东南亚"。于是，打造"属于中国人的具有滨海特色的旅游度假中心"就成了吴厚望开启旅游梦想的目标方向。

为了寻找理想投资地，吴厚望带领核心骨干，花了近两年时间，走遍了中国大陆架沿海一带海岸，收集各地水文气候数据，调研投资环境。2008年，一个偶然的机会，吴厚望携从澳大利亚回国的妻子一起到漳州市漳浦县探望老同学。这位老同学为了欢迎他们，就带他们到六鳌大澳湾游览，吃地道的野生海鲜。吴厚望一看到这个地方就深深地喜欢上了它。这

古溪星河仙手桥

26

道 6.8 千米长的大海湾如同一钩新月镶嵌在东海之滨，沙滩平坦、海水清澈、景色优美。远远望去，碧海金沙，犹如一汪碧绿与金黄交融的翡翠。吴厚望夫妇俩给这片美丽的海滩取了一个令人遐想名字——翡翠湾。

翡翠湾　唯美的家园

通过对翡翠湾项目涉及资源的全方位了解和独特性研究，以及对旅游业的前瞻性判断，吴厚望将决定在大澳湾投资开发"旅游度假区 + 旅居地产"的想法告诉妻子，王毅女士非常赞同并大力支持——就算砸锅卖铁，我也要陪你一起，把这个地方做起来。她毅然从澳大利亚回国，陪伴和支持丈夫，开发建设翡翠湾。

2010 年，吴厚望核心团队全心投入翡翠湾项目的攻关和建设。因为项目所处地理位置的特殊性，特别是在协调和说服各村村民对于旅游开发将为六鳌半岛带来经济发展的共识方面，吴厚望付出了极大的耐心和努力。因为是军人出身的原因，他对项目的带动效应极为重视。他语重心长地告诉团队成员："我们做翡翠湾旅游事业，不单是寻求企业效益，更重要的是它能带动一方经济、造福一方百姓，如果做不好、没办法实现这个目标，

我们就无法在这里扎根和发展。"

所谓翡翠湾就是一张白纸，如何在这张白纸上描绘"旅游度假区 + 旅居地产"的蓝图，这是吴厚望团队最先要面对和推进的问题。吴厚望是个拥有诗和远方情怀的人，在经过资源调研和区位比较后归纳出"温柔六鳌海，天堂翡翠湾""中国大陆架醉美海滩"等核心意涵，并定位为以"沙海文化 + 海岛度假"为主题的充满艺术的、浪漫的、清新的和具有东南亚度假风情的滨海度假区。当滨海度假区总体定位和布局清晰后，吴厚望对于翡翠湾"旅居地产"版块的定位也逐步明确——东南亚度假村风格的"巴厘小镇"。"一个绿色半岛、一片最美海滩、一座度假小镇"的建设构想跃然纸上。这里是东南亚热带海洋性气候，一年四季温暖如春，最适合候鸟式和休闲度假生活。翡翠湾景区的星级管理、酒店住宿、滨海娱乐、核心游览区都成为整个"旅居地产"版块的综合配套。

"巴厘小镇"养生别墅、旅居公寓、酒店式公寓一经推出，因性价比极具市场竞争力和前瞻性增值空间，一期、二期在建阶段的房源都已售罄；三期房源销售预约也已超过半数。酒店式公寓返租的销售模式既迎合了市

翡翠湾滨海度假区

生有"地建成了冰雪世界、沙雕园、萌宠动物园和香草世界四大游乐项目，年游客接待总量突破 50 万人次。2016 年底，吴厚望再次整合度假区各点资源，"四园合一"，实行一票制；同时推进酝酿已久的房车汽车营地项目建设，打造国际化标准房车汽车营地，并以营地为核心，连接度假区沿海南北观海栈道。

"休闲为表，旅游为里，文化为魂""就地取材，锦上添花"。翡翠湾每年举办的沙雕艺术节成

场投资需求，又为"旅游度假区"版块提供客房增量，减轻景区酒店住宿业态的固定资产投入。翡翠湾"度假景区"与"旅居地产"逐步形成了互为补充、互成配套，滚动开发、良性发展的局面。

2016 年初，翡翠湾度假区"无中

为当地的年度节庆型盛会，为滨海度假增添浓厚的文化气息。翡翠湾香草世界除了奇花异草美景观赏，还特别推出了香草花茶、香草饼干 DIY 制作等，让游客在旅游过程中增进亲情、友情和爱情。度假区很多的游乐项目、配套设施都是吴厚望与员工构想和设

计的，许多独到的见解让到了翡翠湾的游客深深地感受到滨海的独特气息和浓浓的人文情怀。

故乡情　游子的情结

尤溪汤川，虽然是个山清水秀的地方，但因地处偏僻山区，经济相对落后，年轻人大部分外出打工或者经商。感恩回报乡梓的情结、故乡那一缕淡淡的乡愁、为家乡做点事的想法在吴厚望心中热烈奔腾。

吴厚望希望，翡翠湾成功的经验能够复制到家乡，带动家乡经济发展。2017年，吴厚望斥资3.9亿元，介入尤溪县全域旅游开发，汤川香山湖山水运动景区、尤溪古溪星河森林休闲度假区先后立项开发；2018年2月，在尤溪县朱熹文化园边上的翡翠湾尤溪会客厅酒店顺利开业，为县城增加了城市民宿度假体验。

对位于汤川的古溪星河度假区，吴厚望是这样描述的："我希望，能把古溪星河打造成为以'仙山康养＋田园度假'为主题的充满野奢的、神秘的、禅意的山水旅游度假区，既有风光秀美，又有人文氛围。度假区分别打造山地艺术区、田园度假区、山地运动区、户外探险区、康养禅修小镇等，各大板块共同组成当代东方理想生活度假区。我希望，未来的古溪星河是人人心中向往的'桃花源'，成为中国的另一个福州鼓岭。"2020年12月，古溪星河景区被批准为国家AAAA级旅游景区；2021年11月，入选首批"清新福建·气候福地"气候康养福地名单。

特别是2020年6月，首部以平行时空为题材创作的爱情微电影《古溪星河》发布，男女主人公的爱情是场十二年的痴情等待，也是十二年的相互成就，反映了当代年轻人的爱情观，展示了古溪星河的超凡魅力。偎依仙手、足踏彩虹，望云卷云舒、七彩霞光、璀璨星河……醉人的仙境在这里展现，浪漫的爱情在这里上演。

吴厚望，一个带着诗意情怀的旅行者，一个目光始终凝望着远方的梦想者，一个践行着"发展旅游是造福一方百姓的事业"的拓荒者。他相信，随着家乡旅游业的发展，与旅游相关的产业也会相应得到发展，那些离开家乡的人将会慢慢回归，那片山清水秀的地方将会洋溢出更加清新蓬勃的活力、欢乐富足的笑容。

青山碧水写丹心，人生最美在过程。对于吴厚望来说，身披风霜雨雪、头顶日月星辰，奔赴在旅游的道路上，无疑是人生最大的快乐。

陈海生

从传统的"物业管理者"到现在的"物业服务者"，
需要改变的不仅是物业服务理念，
更要有创新的思维。

坚持与改变

——记三明市总商会副会长、三明市闽北商会会长、福建万年物业服务有限公司总经理陈海生

匠心于物、专心于业，坚守初心、创新未来。

初中毕业步入社会后，陈海生到过多地务工，从事过不同的职业。一次在与工友的偶然聊天过程中萌发了从事清洁服务的念头，凭着一股年轻冲劲，2000 年 5 月，陈海生只身来到人生地不熟的三明，开始了艰辛的创业之路，于 2021 年被市委、市政府授予三明市优秀民营企业家称号。

通过多年的努力，陈海生将最初单一的清洁服务逐步发展到物业管理服务。保洁、物业，这个最初不被人看好的行业，陈海生却在此摸爬滚打了二十多年，现在企业共有员工 1000 多人，其中农民工、下岗工人及"4050"人员占比达 75%以上，成为三明物业服务行业的一抹亮色。

尽管如此，忧患意识、危机意识却常伴着陈海生，强烈的上进心、责任感促使着他不断学习。服务品质，是企业生存和发展的根基，只有把服务做得更精、更专，企业才能在行业中长远立足、才能得到良性的发展。这是陈海生在实践中得到的领悟。

扎根主业　拓展新业

在 20 世纪 90 年代，南平市政和县是经济发展较为滞后的县域。由于家境贫困，在铁山镇江上村长大的陈海生初中毕业后，就背起行囊外出务工了。

在福州、福清等地务工了近八年，2000 年，陈海生只身来到了三明，准备从事保洁服务行业，由于当时人们对这个行业的认知还比较粗浅，前期业务开展得很困难，但他坚信保洁服务一定会是未来的朝阳行业。在艰难的岁月里，陈海生不言放弃，什么苦活累活都接，只想着先生存，再图发展。正因为有这样坚强信念的支撑及家人和客户们的支持，陈海生的业务

与员工交流，了解业务情况

逐渐有了增长。

2003 年，陈海生注册成立了三明市梅列区洁亮保洁服务部。但随着对保洁行业的逐渐了解，陈海生意识到服务部的局限性，于 2005 年将服务部更名为三明市梅列区洁亮保洁有限公司，开始承接机关企事业单位的保洁业务。

考虑到市场的逐步发展以及客户对服务需求的不断提高，陈海生看到，从长远发展考虑，光靠单一的清洁技能和简单的清洁设备肯定无法满足市场需求，要想把事业做大做强，必须先练好内功。于是，陈海生开始到各地向同行和行业培训机构虚心请

教学习，通过相关业务理论知识和现场操作技能等多方面学习，先后考取了保洁项目经理、物业企业经理和环卫作业项目负责人、中级清洁管理师、石材护理等从业资格证书。

2008 年，陈海生再次将企业更名为三明市洁亮保洁服务有限公司，并将业务扩展至三明全地区。在政府向社会购买服务、社会分工越来越细化及规避用工风险的大环境下，为适应市场的变化和需求，2011 年，陈海生成立了三明市万年物业服务有限公司，2015 年又将其更名为福建万年物业服务有限公司，业务涉及保安、保洁、绿化、水电、食堂管理等，实现

三明地区业务全覆盖。

近年来，物业行业的竞争不断加剧，为了赢得市场优势，陈海生一方面注重提升服务品质和加强内部管理；另一方面逐步拓展新的服务品类，如白蚁防治、四害消杀、绿化绿植、市政环卫等服务。陈海生认为，当前的物业行业正呈现提档升级的多元化服务发展态势，可以预见，物业服务的升级转型，将进一步提升品牌企业的综合实力。

万年物业自成立以来，已陆续承接了50多家政府和企事业及金融机构等单位的物业服务、后勤服务等业务，服务面积超过80万平方米。截至目前，企业年营业收入从最初的5万多元提升到2021年的4360多万元，

年纳税额达230多万元。

业在于精　技在于熟

服务没有最好，只有更好。这是陈海生的座右铭。实践证明，多数客户都是在优质服务中获得的。

三明市区某金融机构项目，就是众多典型案例中的一个。2008年底，业主方将本部办公楼的日常保洁作为服务外包的试点，陈海生有幸中标该项目，从人员招聘、物料筹备、员工岗前培训到进场服务，仅用了10天时间。进场后，万年物业规范、有序的服务得到了业主方较高的评价。在合同履行过程中，企业陆续推出清洁巾分色管理、地拖分色管理、员工保密制度培训等亮点服务。在两年的合作

陈海生与管理团队

期间，企业不断地对管理工作、服务质量、服务礼仪、安全教育等进行优化，得到了业主方的高度认可和信任。截至目前，万年物业已中标业主方三明地区所有机构的

万年物业办公区域

物业服务、后勤服务等业务。

时光流转间，记录了万年物业坚定有力的发展步伐，也见证了陈海生和他的业务团队奋进实干和不懈追求的精神。

金杯银杯，不如客户的口碑。企业始终坚持"诚信经营、优质服务"的宗旨理念，在服务过程中坚持推行作业标准、管理规范、安全教育、定期巡检、投诉响应、跟踪服务等管理机制，努力为客户营造安全、文明、整洁的办公和生活环境。为提升服务品质，万年物业于2017年3月成立品质管理部，专门负责质量管理、企业内训、成本管控、安全管理、绩效考核等工作，确保每项工作要求都能扎实细致地落实和执行。

随着社会的进步，物业管理依托的社会、经济、法制、市场等环境都发生了较大变化。陈海生认为，从传统的"物业管理者"到现在的"物业服务者"，需要改变的不仅是物业服务理念，更要有创新思维。这也是万年物业的奋斗目标和不懈追求。

经过十多年的发展，万年物业获得了福建省家庭服务业示范企业、福建省示范性家政服务站、三明市企业劳动保障守法诚信评价A级等荣誉，并被福建省城市市容环境卫生行业协会评为抗疫先进集体，被福建省物业管理协会评为抗疫先进企业。

学习有劲　团队有神

一个成功的企业，必有一支优秀

的团队，万年物业也不例外。

学习，是培养优秀团队的法宝。随着一线员工、管理人员队伍的不断扩大，陈海生加强企业内部管理和培训学习，在工作中形成了自上而下、逐级培训的模式，促进团队共同提升和进步；聘请物业管理、人力资源等行业专家到企业开展客户服务、项目管理、制度建设、创优考评等培训工作，进而提高企业整个管理团队的业务技能和管理水平。除此，他还不定期组织骨干人员外出参观交流和培训学习，并以业务技能作为员工职务晋升的主要考核指标。

"企业给员工最好的福利就是学习，通过分享心得、交流经验，让我学会了更多的业务技能、现场管理和人际关系的处理。"一名员工深有感触地说，大家在工作中互相学习，互帮互助，感受到的是满满的正能量。同样有感触的还有业主，某业主项目的负责人称赞，万年物业的服务团队都是从基层培养起来的，管理人员和一线员工的综合素质较高，责任心都特别地强。

多年来，许多员工通过不断的学习，提升了自身的业务技能和管理水平，企业涌现了一批优秀的管理人员。她们在工作中认真负责，积极上进，具有良好的团队协作精神，能把自身的工作与企业的效益紧密联系在一起，在各类评选和比赛中获得了众多的荣誉，如企业副总多年连续担任福建省总工会和福建省清洗保洁行业协会联合举办的"中国梦·劳动美"福建省清洁行业技能竞赛裁判员；多名企业管理人员获得福建省五一巾帼标兵、金牌工人、最美物业人、疫情防控先进个人，三明市最美物业人、垃圾分类最佳执行团队，三元区金牌工人、劳动标兵、劳动技术能手等荣誉。

岗位技能比赛是企业培养员工匠心精神的重要方式之一。近年来，陈海生每年组织开展形式多样的岗位技能比赛，对比赛成绩优异者进行表彰奖励，并纳入后备人才库，在同岗位选拔人才时优先使用。同时，推荐技能比赛的优秀选手参加各级人社部门组织的职业技能鉴定中心考试，根据考试成绩，与个人工资挂钩。

"我们希望能形成系统、长效的技能赛制，从中发现、培养和选拔匠心人才，为企业'选、育、用、留'人才开辟一条新通道，培育敬业、精益、专注、创新的技能标杆，为企业创新发展激发内生动力。"陈海生说。

洪万植

质朴中蕴含奢华，闲适中伴随浪漫，
在理想与情怀之间，
大自然的芬芳总是让人陶醉。

在理想与情怀之间

——记三明市总商会副会长、三明市青年明商联合会执行会长、三明市久晟农业发展有限公司董事长洪万植

一面是从零开始，走街串巷，融入外出的"创业潮"；一面是从 2G 到 3G 到 4G 再到 5G 的"高精尖"；一面是回归自然，返璞归真的"土乡野"。

一路风雨兼程，走遍千山万水、说尽千言万语、想尽千方百计、吃尽千辛万苦，洪万植敢干、实干、苦干、能干、巧干，有幸成为高光舞台中的一员。

如果说，当初走出农村，努力摆脱贫困，是洪万植青年时期最大的人生理想，而当他在一个城市把一个行业做到领先后，又选择了自然山水，那么是否可以说就是情怀的回归呢？答案显然是不言而喻的。

成功的背后是亲人的支持和对理想的坚持

洪万植出生在浙江温州平阳县的一个村庄里，村里人大多过着简朴的农耕生活。由于家庭贫困等因素，洪万植早年就辍学了，家里人都认为，他应该去学一门手艺，这样以后就不愁吃穿。于是，他就跟了叔叔学做装修，这一干就干了四五年。后来，父亲病重逝世，家里和他的积蓄都花光了，还欠了不少债。

那时候，越来越多的温州人开始走出山门，到全国去创业，洪万植家乡所在县有个手机配件批发市场，许多人靠卖配件赚了不少钱。1996 年，他去批发市场批了一批手机、BB 机的配件，独自一人到宁德去卖。在宁德，他待了 10 多天，晚上住在表姐家里，白天满街找手机、BB 机的维修店，货品只卖了 1000 多元，还剩一半无法卖出。

在走街串巷中，洪万植发现了自己经验不足，特别是跟人沟通的技巧欠缺，这对销售是很不利的。而他这次独自出来闯荡实属不易，所用的 3000 元是家里的积蓄和卖谷子的钱，

三明小米之家

可以说是举全家之力了。残酷的现实给洪万植的创业热情泼了盆凉水，但他不甘就此放弃理想，总想着外出创业，靠勤奋来致富。到了下半年，父亲的一个朋友给他介绍了一个专做手机配件批发的人，这个人帮助他到批发市场进了一批货，带着他到福州市区和罗源、连江等地走了一趟。

然后，洪万植又独自一人背着货，到了永泰、德化、大田、永安、三元、沙县和南平等地去卖。因为路不熟，有一天，还误入德化的一个乡镇住了一晚。在永泰，他联系到一家手机维修店，老板晚上 8 点到他住处挑了 1200 元的货品，说是第二天上午来取货。这一夜，洪万植至今难忘，心里一直忐忑着。一方面，这个单子是自己的第一个大单，心里兴奋不已；

另一方面，怕老板反悔了，不来了，希望落空。第二天，当太阳冉冉升起时，老板如约而至，他终于如愿所望了。再到德化，他又卖了 800 多元。

这一趟，17 天，人瘦了 10 斤，洪万植卖了三四千元货品，超过了预期目标。一路上，刚开始心里十分焦虑。这次出来，3000 元本钱是向姐夫借的，万一失败了，怕是这辈子再也没有勇气出来了。后来，每当说起创业时，洪万植都忍不住说，如果没有亲人的支持，就没有他的今天。

在之后的两年里，洪万植跑遍了福建大部分的市、县，建立起了自己的客户网络。这一路走来，他悟到，仅靠勤劳肯干还不行，还要有智慧变通，比如到一个地方首先要选择一个缺货的商户，成功的可能性才更高，而找准推销的时机，往往要"蹲点观察"好几天。市场给了洪万植机会，而他抓住了时代发展的机遇，在一个区域把一个行业做到了领先。

从流动小贩发展成为手机零售业的佼佼者

洪万植外出有多条线路，经常走的有福州、泉州、莆田、三明方向，但他对三明最为钟爱。因为福州人说福州话、闽南人说闽南话、龙岩人说客家话，只有三明人都说普通话，觉得三明人特别亲切，不仅没有语言交流的障碍，而且城市整洁、市民文明，所以他决定把重点放在三明线路。

让洪万植下决心留在三明还有一个因素，那就是这条线路跑的人很少，竞争不大。虽然市场量不大，但利润更高。1997年下半年，他在市农业局招待所租了个房间，作为经营三明和赣南地区业务的落脚点。背上背着一个大包，一只手拉着一个拉箱，另一只手再提一个大包，出一趟门，来回要20天左右，有时双肩都背出了血痕。这样的日子，虽然辛苦，但也为他积累了资金和货品。

1998年，三明的街头多了些手机专卖店，洪万植心里清楚，自己要跟上市场变化的步伐，否则就没有立足之地。他拿出全部积蓄，再向舅舅借了3万元，在市区声屏大厦开了一间20多平方米的店，主营手机销售及配件批发业务。这对洪万植来说，是人生和事业的一个转折点。当初，他去三元区送货，一个传呼机夹子，批发价1元，零售价10元，老板还跟他砍价；有次去一家店推销，被老板赶出来，自己有了店后，这老板还来找他进货，前后境遇完全不一样。

顺风顺水的手机及其配件生意红

汤丞农场

火了好几年，到了2005年前后，形势发生了变化，行业竞争更加激烈了。这时候，洪万植没有想着以自己的优势搞价格战，而是谋划如何在品牌经营上开辟新路。2006年，基于高于同行的出货量，他成为诺基亚三明直供

农场青山绿水

批发商。在那个时代，诺基亚手机是大街小巷人人追捧的对象，销量遥遥领先其他品牌。在三明手机通信行业里，他几乎无人不知。

从早期的大哥大到现在的智能机，手机从2G到5G，历经了4代变化。一路走来，一步一个脚印，洪万植踩得很准、走得很稳。2013年，他成为华为手机三明核心合作伙伴，级别高于授权店。2015年，华为手机组织12名福建合作伙伴到上海研发中心参观学习，他是三明唯一一个。2018年、2019年，他被华为手机授予卓越贡献奖、巨臂奖，特别是巨臂奖福建只授

予6个人，含金量很高。

2019年，洪万植被授予三明小米授权店商，该店后升级为小米之家。2G、3G已成为过去，4G时代已接近尾声，未来是5G发展的时代。5G智能产品是老百姓生活的刚需，他认为，手机还有巨大的市场空间。

从事手机销售行业多年，除了要求自己的货品做到最足、最全、最多，洪万植还要求员工真心服务好每一位客户，即使赔钱也不能失了信誉。在有的同行卖水货的时候，他也坚持卖正品，绝对不为了蝇头小利砸了自己的招牌。他常说："虽然我的学识不一定比别人高，但我一直在努力学习如何做生意，尤其是要把人做清楚。"

人生理想的成功为情怀回归披上美丽嫁衣

回归自然，对洪万植而言，是偶然，也是必然。但因为手机销售业务的成功，为情怀回归提供了条件。

三明市区东新三路有家店叫汤丞御品，卖的白鹭鸭蛋特别好吃，因为

经常去买，洪万植与对方就熟悉了，后来去位于明溪县黄丰板水库旁的基地考察了几次，心里又萌生了儿时的梦想。有一个自己的农场，山间捉鸡捉鸭、池塘捕鱼捕虾……眼前这个地方，再理想不过了。

2013年，洪万植加盟久晟农业，之后又追加投资，成为控股股东，如今汤丞农场里放养的珍珠鸡、乌鸡、鹊山鸡、白鹭鸭及其蛋类，是三明地区有口皆碑的好产品。因为当地水土中富含"硒"元素，所以这里出产的禽蛋"硒"含量比较高，而富"硒"食品具有抗氧化、增强免疫力、预防糖尿病、保护肝脏等作用。

洪万植坚持用最原始的方法放养鸡鸭，坚持用稻谷和玉米喂养，因为自然原生态产品，才是健康安全的。为了让消费者了解农场和鸡鸭的生长环境，他架设了光纤安装监控设备，将养殖的全过程向消费者开放。他认为，敢于公开，就是对自己的产品有信心，这既是对消费者的承诺，也是对自己的鞭策。

这么好的产品，应该推向更广阔的市场，

让更多的消费者都能够品尝。2021年，汤丞农场体验店入驻明品明味街，线上销售平台对外开通；2022年，推出生态富硒鸡鸭外卖服务，探索连锁商业经营模式。

农业靠天吃饭。2019年和2022年，汤丞农场多次遭到暴雨侵袭，损失巨大，但洪万植决不放弃这一份"理想之外"的情怀，持续追加投资。他认为，只有更加努力地做好这份事业，造福消费者和当地百姓，才是对自己、对社会的最好回馈。

群山环绕、绿树成荫，或林中漫步、或观赏风光、或采摘果蔬、或捡拾鸡蛋、或烧烤野炊……这里，质朴中蕴含奢华，闲适中伴随浪漫，在理想与情怀之间，大自然的芬芳总是让人陶醉。

汤丞农场旗舰店

郑天培

> 有志者，未必诸事皆成，
> 但是人不立志，
> 天下无可成之事。

敢拼会赢　敢干会成

——记南宁市三明商会会长、广西闽江投资有限公司董事长郑天培

南宁，广西首府，地处我国南疆，是中国—东盟博览会永久会址和面向东南亚的现代化国际大都市。这里勃勃生机，孕育商机，被誉为中外商界博弈的赛马场。

充满冒险精神、崇尚外出打拼，从最初为谋生而远走他乡，到如今足迹遍布全球各地，敢闯敢拼的明商以勤劳、智慧和热情，讲述着各不相同的精彩创业故事。从朱子故里走出，在邕城商界长袖善舞，郑天培从一个名不见经状的小商人蜕变为在南宁乃至广西都小有名气的企业家。

三明，全国文明城市，因为郑天培而在广西传扬，尤其是每年的商会年会，无不是展示三明的敞亮窗口。2017年，国务院批复环北部湾城市群发展规划，南宁是核心城市。随着邕明两地经贸往来日益活跃，在参加三明"两会"期间，郑天培都积极建议，推动三明优势产品通过广西通道，打入大西南甚至是东南亚国家。

无奈的选择

尤溪，闽中的千年古县，著名理学家朱熹的出生地。郑天培生长于尤溪县一个偏僻的小山村，少年时期就立下志向，要走出大山，闯出一片天地，绝不能窝在小山沟，当一个默默无闻的山民。不过，他怎么也不会想到，他的真正创业之地会在少数民族聚集区的广西。

改革开放初期，不安于农村生活的郑天培，去了县城闯荡。凭着中专所学装修设计专业的技能和吃苦耐劳的品性，郑天培在城关做起了装修行当，之后还开了一家中餐厅，他用勤劳的双手和智慧的头脑，把生意越做越红火，没几年工夫，便攒下了一笔不小的资金。郑天培说，那时，初次尝到了经商创业的甜蜜滋味，似乎少年的梦想正在变为现实。

43

郑天培骨子里有着天生的冒险胆识，不满足眼前的小富。2005年，在县城中心地段，有一家酒店濒临倒闭，但在他看来，这家集餐饮、住宿、娱乐于一体的酒店有着重焕新生的潜质，最明显的优势就是周边住户多、人流量大。他把所有的积蓄及借款全部投了进去，家人和亲友都十分担心，这万一失败了，不仅自己的全部积蓄血本无归，还会欠下一笔债务，于是纷纷劝阻：不如老老实实干好老本行。但郑天倍决意就此一搏。

经半年时间筹备，酒店在郑天培的期待中开业了。然而，真正面对眼前这一似乎熟悉而又陌生的行业，他的心不禁忐忑起来，这是他平生第一次经营大型酒店，一无经验二无资源三无人脉，怎样才能不重蹈别人覆辙呢？在许多个不眠之夜，郑天培不断思索着经营之道，最终确定了两大举措：一是加强内部管理，做到精打细算；二是在提升服务水平上动脑筋下功夫。这办法还真奏效，酒店人气越来越旺，生意越做越好，在县城渐渐有了名气。仅两年时间，郑天培不仅还清了借债，还赚了不少。

然而，正当酒店兴旺之际，一场官司让郑天培败下阵来。他怎么也没想到，自己生意红火的酒店早已成为一块肥肉而让人垂涎欲滴。有人诱使房主利用合同漏洞强行收回，并一纸状文告到法院。郑天培官司败诉，赔了近百万元。

踌躇满志的郑天培一时懵了，心灰意冷，觉得前途暗淡，成天以酒浇愁。在一次宴席上，有位朋友无意间说不妨到广西去看看，那里可是国家大开发、大建设的热土，或许会有更好的机遇。朋友的一句酒话，触动了郑天培的心灵：与其在这耗着，不如出去闯闯，或许会有新的天地。于是，他放弃继续在城关打拼的念想，决定到千里之外的广西去创业。

酒店的情缘

2008 年，初春的南宁，风清日暖，花红柳绿，莺啼燕语。郑天培在南宁连续转悠数日，所到之处，呈现在眼前的，是繁华的车水马龙、热火朝天的建设场景……在他眼里，仿佛处处充满着商机。

可是，这么大的区域、这么多的行业，要从何着手呢？这着实让郑天培费尽了思量。考虑再三，他决定，还是从自己熟悉的酒店行当做起吧，先求立足、再图发展。于是，郑天培

梧州市汇洋广场项目

便把寻觅的目标缩小，几经周折，在南宁城郊的平阳村，看中了一幢 6000 平方米的农村集体综合楼，并以较低的价格租用二十年。在这偏僻的城郊农村开酒店，几乎无一人看好，许多老乡无不为之深感忧虑。

这幢不起眼的农村综合楼在郑天培的眼里却是难得的宝贝，他认为，南宁发展如此之快，现在的郊区很快就会成为新的中心，这里必定充满着商机。的确，酒店开办的第三年，随着城市的扩展，门前的一条柏油马路变成了 8 车道、前往国际机场的主干道，道路两旁高楼大厦逐渐连接成片。郑天培的酒店逐步融入了城市的喧嚣，靠着自己的勤奋和人脉以及在家乡积攒的经验，酒店生意日渐红火。

有志者，未必诸事皆成，但是人不立志，天下无可成之事。酒店的成功算是在繁华的都市站稳了脚跟，这只是郑天培进军广西迈出的第一步。风雨磨砺，洗尽铅华；商海沉浮，大浪淘沙。郑天培有了更高远的理想和志向，谋划着更大的发展路径和空间。2014 年，经过一番考证，他

45

参与精准扶贫

成立了广西闽江投资有限公司，把自己从管理者变成了投资人，业务的触角伸向了建筑施工、建材销售、金融投资等领域，而且覆盖广西多个市和县。郑天培变得更加忙碌了，进企业、下工地、走市场……在谈到如何从外行进入到内行时，他说，一靠勤奋，二靠诚信，三靠质量。这一理念，促使他的商旅之路越走越宽广。

低调的会长

在当今时代的商场拼搏，仅凭单打独斗难成气候，这是新时代市场经济中企业家的共识。2015年初，许多三明老乡聚集一起，商议筹建南宁市三明商会。郑天培是其中的发起人之一。在南宁的三明企业家中，他算不上是"老大"，论实力、论水平、论

经历，他都不是会长的最佳人选。但他的人脉较广，对老乡又热情，在推举会长人选时，大家一致推选了他。他说，当初，硬着头皮，戴上了会长的帽子，对于能否当好，不负众望，心里没什么底。

既然老乡这么盛情和信任，郑天培就定下心来，尽力把商会的事做好。为了商会尽早获批，他带领秘书处人员到三明和南宁两地政府有关部门和工商联协调。没有经验，他积极走访其他商（协）会，学习取经；没有场地，他从自己酒店无偿划出200多平方米给商会办公……经过一番努力，南宁市三明商会这面旗帜在半年之内树了起来。从此，在南宁的明商们有了自己的"家"。

建立商会不易，办好商会更难。商会建立后，如何发挥平台功能、如何为乡亲们做实事，是郑天培常挂在心上的事。在商会正堂书有"凝聚乡情，共谋发展"八个大字，这是郑天培提出的口号，更是他当会长的行动指南。多年来，他放弃了许多生意上的事务，牺牲了许多休息时间，把精

力投入到商会建设上。他带领商会班子成员主动与各级党委和政府联系，积极与统战部和工商联沟通，组织会员回尤溪、沙县和大田等地考察，为会员发展寻找商机。

"能帮就帮"，不仅是郑天培常说的口头禅，还是他做人的一贯准则，更是他从一个经商养家的个体户到一个有责任担当的企业家蜕变的内在素养。郑天培说，一个农村孩子走到今

走访会员企业

天，全靠党和政府的好政策及大家的支持帮助，感恩回馈，理所当然。平时，如果会员生病住院，他知道了会前往看望慰问；有谁遇到实际困难，他会想方设法帮助解决。2019年5月，一位在南宁务工的建宁县老乡身患重病，急需巨款救治，他知悉后带头捐款，动员会员献爱心，还带着善

款到患者家中看望。

郑天培认为，一个人能力有大小，但做爱心不能以大小衡量。每年，他都专程看望慰问企业所在地的学校和建档立卡贫困户。2019年，他结对帮扶上林县东吴村，捐助该村扶贫养殖项目。2020年，他带头并发动会员为家乡、南宁和湖北疫区抗击疫情捐赠款物20多万元。2022年，他与江南区同江村共谋乡村振兴发展。郑天培的家底算不上厚实，可他在扶贫助困上却不含糊，这些年先后为南宁和家乡捐献款物近百万元。

一个自认为没有"资格"当会长的会长，靠着一副热心肠和无私奉献精神，把一个普普通通的商会推向了全市先进商（协）会的行列。2018年，在广西的"四好"商会评选中，南宁市近400家各类商（协）会仅评出7家，南宁市三明商会以唯一满分的成绩获得广西"四好"商会的殊荣。

在郑天培看来，当好会长要有热心、热情和舍得。有热度才会有高度，有舍出才会有得到，做商会与做企业在本质上是一脉相承的。

47

张贵斌

不在顺境中迷失，
也不在逆境中沉沦，
把握好人生每个转折点。

点亮人生

——记温州市三明商会会长、温州昕诺飞照明有限公司董事长张贵斌

有种记忆，穿越时空，弥足珍贵；有种力量，生生不息，奔腾不止。

在改革开放的大潮中，白手起家、草根创业的一幕幕，是千千万万明商的普通故事。对张贵斌而言，"创业"二字，不仅承载着一个家庭的梦想，更承载着一个人生的希望。

尽管经历风雨洗礼，创业创新始终是张贵斌的奋斗方向，他也从生存洼地一步步走向富裕高地。伴着新时代的有力步伐，他依然孜孜不倦、创业不止，衍生持久而坚韧的力量。

艰难困苦　自强不息

泰宁县大龙乡角溪村，山峰林立，溪流密布，民风淳朴。1975年，张贵斌出生在这个美丽的小山村。他的降生给这个小家庭带来了幸福和欢乐。然而，世事无常，他2岁时，父亲意外离世，留下了他和母亲以及尚在襁褓中的妹妹。后来，继父上门，又相继生了二女一男。复杂的家庭结构、众多的兄弟姐妹、艰难的乡村生活，迫使张贵斌早早懂事。

都说山区里的小伙质朴勤奋，一点都没说错，张贵斌就是这样一个人。因为是家庭的长子，他从小就担起了家里的责任。读小学时，他就在村小学食堂帮忙炒菜做饭，这样每月可以赚取15元的工钱。这笔钱除了支付学费外，剩余的部分就上交给母亲，用以贴补家用。由于家中经济条件差，张贵斌读完初中后，就不得不辍学了，去帮忙家里种植烟叶、水稻等农活，照顾年幼的弟妹。

现在的角溪村村洁景美，花园式民居鳞次栉比，道路绿化了，公园建起来了，映入眼帘的是一幅宜居宜业的农村唯美画卷。但在当时村里远离县城，村财收入微乎其微，村民致富渠道少、生活困难。张贵斌有幸成为村里的通信员，过着边干农活、边送

邮件的日子。他还兼着村里的民兵营长，每逢节假日防汛时，总是自己值班，让其他人回家过节；一旦遇到什么险情，他都是走在最前头的。

张贵斌从小表现出的独立自主、勤奋努力、敢于担当的品质，周围的邻里乡亲都对他赞不绝口。加上英俊不凡的相貌，大家纷纷给他牵线搭缘，觉得他是择婿的不二人选。

拓展市场　乘势而上

虽然身兼数职，但还是生活困难、难以为继。改变，从自己开始。年轻的张贵斌心里想，村里的发展空间有限，为什么不到外面的世界看看呢？他相信，凭借自己的能力和努力，一定可以打拼出一番天地的。2001年，张贵斌去了千里之外的山东，和朋友一起开家具厂。创业是艰难的，从来没有一帆风顺的。他刚从农村出来，由于缺乏经验、定位不准以及市场的不确定，家具厂亏损了几十万，第一次创业就此失败了。

"创业致富，心之所向，身之所往。一路走来，若不是信念坚定，便没有现在的我。"张贵斌说。2003年，他重整旗鼓，准备开始二次创业。然而，摆在眼前最现实的资金问题难倒了他，好在他平时为人诚信重诺、待人诚恳，在村里有口皆碑，一些亲朋好友都放心把钱借给他。在广东朋友的引荐下，张贵斌踏上了前往浙江省温州市的列车，在市区开了一家小门店，主要销售消防器械灯具，如照明灯、应急灯等。

尽管初来乍到，张贵斌一门心思要把批发生意做大。但没有客源，仅靠门店零售，连日常运营都难以维持。年轻有精力、有体力，他走出门店，去外面拉业务，一辆破旧自行车就是他的交通工具。有时，一个小小的订单，他也骑行六七千米给客户送去。有的客户在温州偏远乡镇要求送货，哪怕只有10元的利润，他也不放弃。那时的物流行业不如现在发达，张贵斌经常坐最早班车赶去送货，需要辗转几次，才能将灯具送达。

那段时间，披星而出、戴月而归，成了张贵斌的生活常态。派送只是日常工作的一部分，更多时候，需要去灯具市场、规模或人流量较大的门店，一家一家地推销灯具。有时候上门，刚说明意图，便吃了对方的闭门羹。许多商铺有长期合作的供应商，不会轻易更换产品。冷言冷语听得多了，他也不往心里去了。

虽然张贵斌已经付出了很大努力，但销售业务仍不尽如人意，一年下来

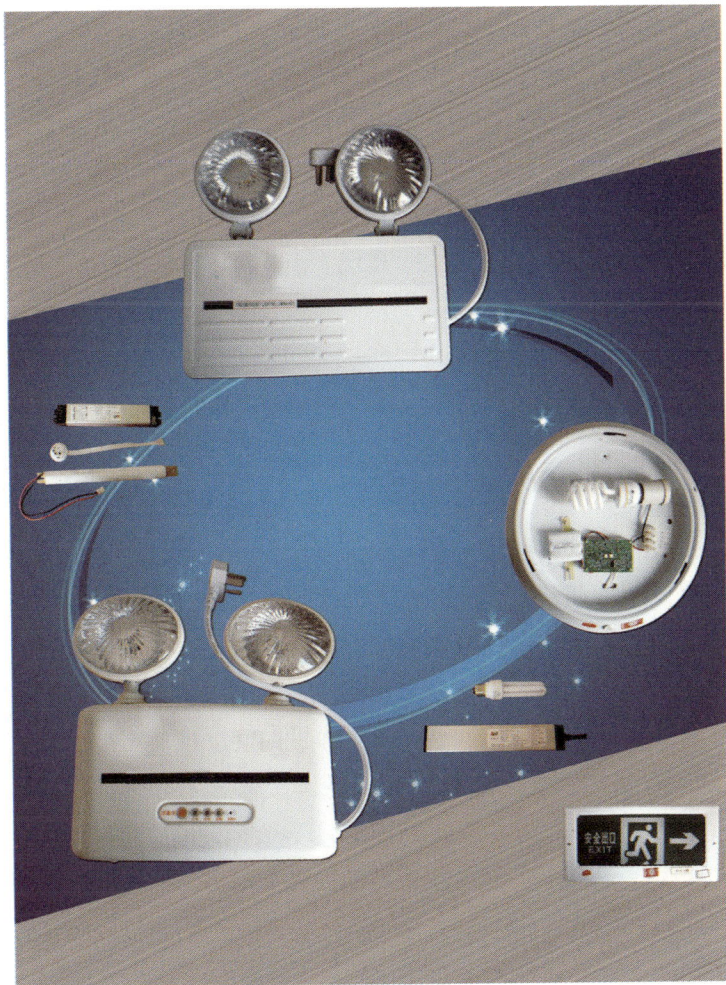

消防照明器材

快速发展，消防照明器材的市场需求量越来越大，张贵斌的生意也随之水涨船高，逐渐有了盈利，同时他还建立了销售和服务团队。而这期间，他逐步调整方向，重点加强与建设项目的施工方合作，使得业务量快速增长。

通过和终端消费市场建立合作关系，张贵斌更加直接地掌握了市场信息，从而不断调整销售品类。更重要的是，在激烈竞争

赚取的钱还不够养家糊口，处于亏损状态。尽管如此，前景向好的趋势却越来越明显，客户从零开始，渐渐有了积累，也有一些新的商铺愿意与他合作。由于物美价廉，张贵斌经营的消防照明器材渐渐地为更多的客户接受。2005年后，随着温州民营经济的

的情况下，厂家越来越倚重掌握终端消费市场的经销商。张贵斌终于看到了胜利的曙光，2006年盈利五六百万元，2010年实现了翻番。2011年，他在广东中山投资建厂，自己生产消防器械照明产品。随风潜入夜，润物细无声。张贵斌和消防器械照明世界的

故事，也许没有太多的波澜壮阔和惊心动魄，却有着日复一日的努力和打拼以及放手一搏的果敢与坚韧。

诚信经营　品质至上

"诚者，天之道也；思诚者，人之道也。"人无信不立，企业和企业家更是如此。

生意赚到钱后，张贵斌就立即先还清创业时向亲朋好友借的钱。"我们做企业同方方面面打交道，没有诚信寸步难行。"他说，讲诚信，要从自己做起，跟身边的人有信用。在创业成功时，他还不忘带上老乡，一起走向致富之路。他认为，一个人的成功，不一定是自己能力有多强，而是大家的扶持与信任，这其中有亲朋好友，也有合作伙伴。

疏散指示标志灯和应急照明灯、烟感报警器等是生活中我们经常看到的消防设施。宁波市消防救援支队曾做了个试验：6 名志愿者平均分成两组，一组在无应急照明灯和疏散指示标志灯的模拟火场环境下，摸黑寻找出口逃生；另一组则在应急照明灯和疏散指示标志灯正常工作的情况下逃离火场。通过记录每名志愿者的逃生时间，来对比应急照明灯和疏散指示标志灯在火场的重要性。实验结果显示，第二组的 3 名志愿者，虽然和第一组志愿者身处同样的"火灾环境"，但在应急照明灯和疏散指示标志灯的指引下，逃生就顺畅多了。最快的志愿者，仅用时 1 分 36 秒就逃出了"火灾"现场。由此可见，一旦火灾来临，应急消防灯具如果发生故障，后果不堪设想。

消防器材是关键时候用来救命的，质量能否保障事关生死，张贵斌对此的理解远远比其他人更为深刻。2013 年，有的客户反映，其工厂出品的一批应急灯在使用半年后就出了问题，他将样品检查后发现，是芯片程序编码紊乱造成的，而正常芯片一般可以使用五六年的时间。虽然产品已经过了退换期，但是他没有任何犹豫，主动召回 11 万台有问题的应急灯。这个决定让他损失不小，但他认为只有质量保障，才能赢得更多的信任和口碑，信用就是最大的资本。

从这之后，张贵斌对生产商供应的每批产品抽样，进行反复检查确认，对产品的质量把控得更加严格，特别是自己工厂的原料即使价格高点也在所不惜，一定要确保质量可靠达标。久而久之，行业内的人对张贵斌生产和销售的产品也就格外地放心了。

不忘桑梓　感恩回馈

小商品大市场、小产品大行业、小资本大集聚，零资源、零技术、零市场……改革开放以来，温州人凭借敢为人先、不断进取和特别能创业的精神，创造了举世瞩目的"温州模式"，包括三明在内的全国创业者源源不断地涌向这个城市。

在异地创业，由于乡缘、地缘、亲缘的因素，许多在温州的明商倡议成立商会，以便交流信息、互通有无、共谋发展。2008年，温州市三明商会成立，张贵斌担任理事，2011年当选为副会长，2018年当选为浙江省泰宁商会执行会长。2019年，温州市三明商会换届，他被推举为会长，并改任浙江省泰宁商会名誉会长。

会长是商会的"掌舵者"，张贵斌感觉身上的担子更重了。在其位谋其职，当了会长，就要做会长应该做的事。当会员企业出现重大困难问题时，他知道后总是第一时间组织大家一起出谋划策，动员大家伸出援手给予帮助。不仅如此，在他的组织领导下，在温明商还情系家乡、担当奉献。2010年，泰宁发生"6·18"特大洪灾，商会号召大家为家乡捐款，他当时虽然只是一名理事，但带头响应，捐了款，树了好榜样，商会此次募得善款6万元，全部用于家乡救灾抗灾工作。2019年，浙江省泰宁商会回乡走访慰问32户贫困户，他积极捐款赞助，表达在外游子的一片爱心。

2020年前后，新冠肺炎疫情突如其来，口罩等防疫物资十分紧缺。张贵斌主动联系温州做药品代理的朋友，给温州医大附二医院捐赠7万个口罩；给泰宁县总医院捐赠1万元，用于疫情防控。张贵斌是个低调行事的人，对光彩公益捐赠，往往只做不说。他认为，自己只是做了应该做的事，不过是有一分光发一分热而已。

转眼之间，张贵斌经营消防照明器材已近二十年，在这个行业做这么久的人少之甚少，他形容自己是个很"长情"的人。他经常提醒自己，这个行业给了自己机会，就要为这个行业发展贡献智慧，不在顺境中迷失，也不在逆境中沉沦，保持好定力，把握好人生每个转折点。

"我们不能预判未来，但我们牢记创业初心，始终紧搭时代脉搏，从一次次挑战的律动中摆正自己的方向，寻找和际遇的美丽相逢。"张贵斌说，脚踏实地，走好每一步，在创业征途中，释放生命张力、燃烧激情岁月、点亮人生光芒。

苏水池

中医是门古老而又传统的学科，总有一批又一批虔诚的中医人，用真诚和良心去服务大众。

弘扬健康　逐梦康养

——记三明市安溪商会会长、苏世唯信（福建）药业有限公司董事长苏水池

康养产业是指为社会提供康养产品和服务的各相关产业部门组成的业态总和，是大健康产业的重要组成部分。康是健康，养是颐养；康是方向，养是过程。

随着"健康中国"战略的实施，涵盖养生、医疗等诸多业态的康养产业蓬勃发展，成为备受关注的新兴产业。近年来，文旅康养作为三明市主导产业呈现欣欣向荣的景象，特别是服务性康养企业迎来发展好机遇。

20世纪90年代，苏水池开始从事医药行业，至今已经二十多年。市场风起云涌、大浪淘沙，苏水池经营的品类虽有所变化，但他的创业宗旨始终不变——以康养为主题。

峥嵘岁月　筑梦医药

苏水池1977年7月出生于安溪县的一个小山村。他的哥哥在三明做药材生意。1990年，年仅13岁的苏水池从老家来到沙县帮助哥哥打理生意。苏水池虽然年纪很小，但善于思考、勤于学习，在与客户交往过程中，逐渐学会了如何做人处事和销售技巧等。

1994年8月，苏水池来市区寻找商机，经人介绍，承包了三明市工商联门诊部，开始介入对医疗行业的投资经营。不久，他又陆续开办了三明百年诊所、百年大药房和万宁药店等多家医药企业。

在医药业经营中，苏水池学习积累了一些知识和经验，但他深知，这个行业与百姓的健康息息相关，自己文化水平不高，特别是医学专业知识不够，有必要重回校园读书。从1995年起，他开始与书为伴，取得了中西医结合医士资格。1999年，他报读了福建中医学院临床医学专业，并顺利修完学业。2008年以后，他多次参加三明市工商联与北大、清华等高校联

合举办的企业总裁班学习。通过不断的学习培训，他既拓宽了视野和人脉，又增强了把控市场的能力。

2000年以后，苏水池多次到广州、厦门等地参观考察，虚心与同行们沟通联系，交流学习。他发现，这些城市都有冬虫夏草和燕窝专卖店，但三明则是个空白。

"冬虫夏草和燕窝是高端消费品，三明是个经济欠发达的地区，经营这个项目风险较大，但是风险与机遇同在，我相信，三明还是会有消费人群的。"谈起当时开专卖店时，苏水池坚定之情溢于言表。

2008年8月，在阵阵清脆的鞭炮声中，苏水池投资550万元的苏世唯信虫草燕窝行，即苏世唯信（福建）药业有限公司，在繁华的列东街隆重开业，随后又在三元、沙县等地开设了6家分店，成为三明经营名贵补品的领头人。他把自己的企业取名为"苏世唯信"，其意就是：苏家世世代代做人做事，都要唯信誉是尊。2014年，苏世唯信获得中国3·15诚信企业、药品质量诚信店和福建省著名商标等荣誉。

2012年以后，虫草燕窝的消费需求缩减，苏水池转行经营中药材。三

苏世唯信旗舰店

明医改的重要内容之一就是扶持中医药事业发展，并出台系列政策措施。2016年1月，他投资1000万元创立福建省康源医药有限公司，主营中成药、中药材、中药饮片、医疗器械仪器、诊断试剂销售以及配送业务，特别是黄芪、党参、田七等中药材都是去国内最好的原产地采购的。

中药材仓库

结缘米斛　倡导健康

如果说，经营虫草燕窝是苏水池在医药康养领域的尝试，那么，将素有"千金草"美誉的霍山米斛引到三明则是他在康养事业上的新起点。

苏水池真正认识霍山米斛是因为一场酒局。2019年9月，有一次吃饭，大家都喝了不少的酒，有个朋友向他推荐了安徽霍山九仙尊米斛。苏水池没有太在意，礼节性地试吃了一包米斛，意外的效果在第二天出现了——以前的累与困没有了，人感觉很舒服清爽。

应朋友之邀，苏水池专程去了安徽大别山腹地的九仙尊考察，参观了霍山石斛文化体验中心、组培育苗车间、智能温室、百药园、农耕文化园及四季药用花海等，对挖掘中医药养生价值、弘扬中医药传统文化有了新的认识，这样也就有了将米斛产品引到三明的想法。

通过实地考察和查阅相关知识，苏水池对米斛有了更进一步的了解。米斛，有"药中黄金"之称，一般人都认为是高端消费品，他认为，这个观念要改了。有了技术上的突破，昔日的堂前燕，已经飞入寻常百姓家了。米斛不仅可以煲汤喝，可以泡茶饮，还可以鲜榨成汁直接饮用。

2019年10月，苏世唯信与九仙

暨商会成立十周年庆典

2016年4月

商会向家乡捐款

尊签订全面战略合作伙伴协议，代理九仙尊在福建省的市场经销权。三明人对米斛的接受度怎么样呢？有一次，苏水池请朋友吃饭喝酒，给每人赠送了米斛样品。第二天，就有人找到他，购买了几万元的米斛。

进入新时代，越来越多的人讲究健康养生，米斛成为人们继虫草、燕窝后的新选择。苏水池首先在朋友圈里推广，大多采取免费试吃的方法，效果很好，目前九仙尊米斛在市区的茶馆、药店、酒水专卖店里逐步推开来了。

米斛品牌不少，为何选择九仙尊呢？苏水池认为，米斛的营养价值毋庸置疑，九仙尊历经八年时间、上万次试验，实现了米斛全产业链发展——从野生种源保护、育苗、野生栽培、产品研发到文化体验，是珍稀濒危资源的拯救者和全产业链的领航者。

发展中医　传承国粹

中医是门古老而又传统的学科，总有一批又一批虔诚的中医人，用真诚和良心去服务大众。

列东是三明市的政治经济中心，

但是几十年来竟然只有中医门诊部，没有正规的中医院，与当前中医药事业和康养产业的发展不相匹配。

三明市委、市政府高度重视中医药事业发展，并在政策上给予扶持。2013 年起，三明市政府出台了《关于扶持和促进中医药事业发展的意见》等多份文件，特别是医保基金报销向中医技术治疗倾斜，目录内的中药实行门诊取消起付线、报销 80%，鼓励

病人选择中医、使用中药。苏水池认为，这一系列扶持政策，为中医发展腾出了更多的空间，必定可以有更大的作为。

"互联网＋智慧医疗"等概念更是让中医药产业发生深刻变化，越来越多的中医药企业和医疗机构抓住新一轮发展机遇，抢滩布局。2016 年，苏水池把主要业务转向中药材经营；2017 年，将列东街的门店改造升级，成立社区卫生服务站；2018 年，在碧桂园设立社区卫生服务站；2020 年，市区首家民营中医院——三明列东中医医院投入运营。

三明列东中医医院集预防、保健、治疗、康复于一体，实行无假日医院、专家坐诊制、病人选择医生等现代化专科服务方式，开通 24 小时专家咨询热线，专家团队均为具有丰富中医临床经验的三明名老中医。苏水池表示，中医院将坚持求真务实、诚信待人、服务于民，不断满足人民群众多层次、多样化的医疗和健康服务需求，争取达到"专病专治"一级中医院的标准。

健康是人民幸福生活的基础，不忘创业初心使命，为百姓的康养提供优质服务，苏水池一直沿着这条路不断努力前行。

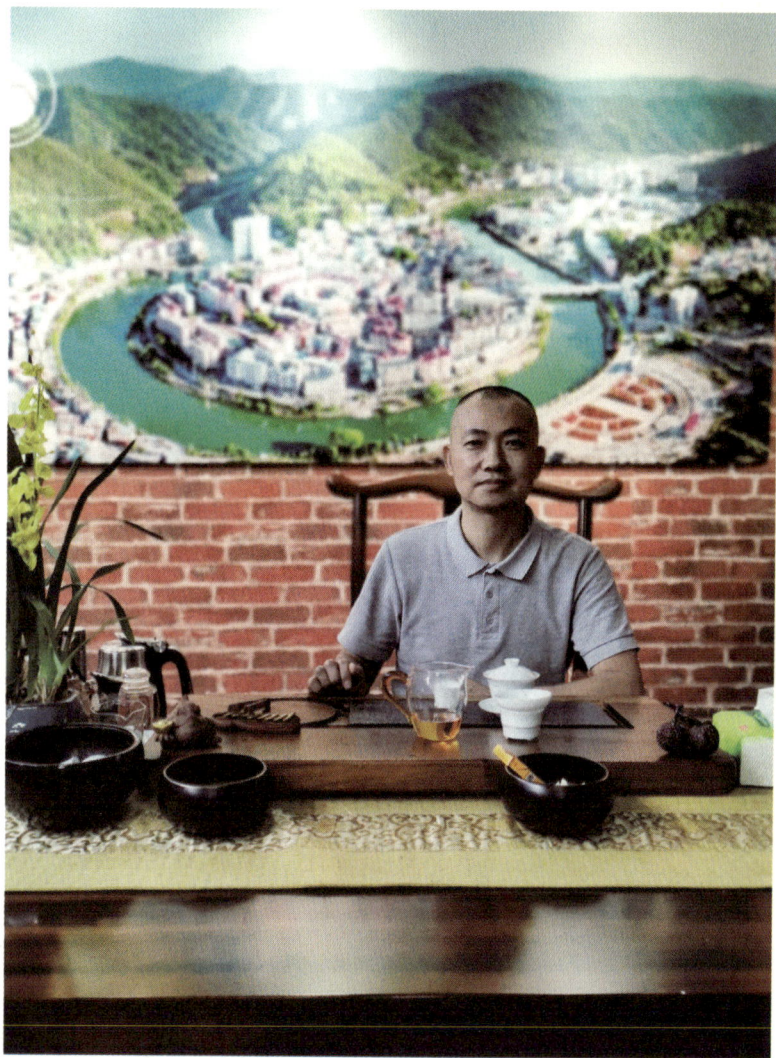

谢小金

> 光彩公益是一种生活方式，
> 做公益可以体会到助人的愉悦，
> 收获最大的是做光彩的人。

我爱我家

——记厦门市三明商会党支部书记、清流县总商会副会长、厦门嘉翊进出口贸易有限公司董事长谢小金

一代伟人毛泽东途经清流、明溪、宁化时，写下名篇《如梦令·元旦》，有云：宁化、清流、归化，路隘林深苔滑。诗词气魄豪迈、意境高远，却道出了清流山高林密。改革开放后，一批批清流人走出大山，谱写了一曲曲创业之歌。其中，在厦门的清流人就有1万多人，经营的大小企业有3000多家。

21世纪初，风华正茂的谢小金来到厦门创业，那时的清流人已自发建立了同乡会，只不过主体是在厦退休乡贤。2008年，厦门市清流商会成立，三年之后，谢小金接任会长，携手商会同仁团结互助、捐资助学、抗灾救灾，把商会打造成清流乃至三明异地商会的一面鲜亮旗帜。

"我是清流人，大家从家乡来到这里，相聚就是缘分。我是会长，自然要把商会办好。"谢小金说，在艰苦的创业道路上，大家相互扶持、资源共享、共同发展，其情其景，正如当年领袖所说的"风展红旗如画"。

商会组织热心人

20世纪70年代末，福建从过去的前线阵地变为改革开放的前沿区域，发生了根本性的变化。进入21世纪后，福建经济发展十分活跃，沿海城市连成一线，包括清流在内的许多三明人纷纷到厦门等沿海地区创业，寻找发展商机，实现自己的抱负。

2004年，在清流县粮食局下属单位工作的谢小金有望获得提拔，担任国企总经理，但汹涌激荡的商海使他下定决心辞去"铁饭碗"工作，走上艰难曲折的创业之路。在厦门的前两年，他在一家贸易公司跑钢材销售，每月业务量达1万多吨。2006年，谢小金创办企业，自立门户，经营钢材贸易，年营业额最高时达10多亿元，成为全国百家优秀钢材贸易商之一。

尽管平时工作很忙，但谢小金总把商会工作放到重要位置，时常关心着商会事务，有时还协调解决具体问题，参与谋划活动事项。他的妻子是教师，每天早出晚归，他每天早晨出门之前，要把一天的生活安排好，因为半夜回家对他而言是常有的事。在时间上有冲突时，他常把自己的生意往后推，白天没空晚上补，有时造成了经济损失，他也毫无怨言。

2008 年，厦门市清流商会成立后，谢小金先后任理事、执行会长和会长职务。2011 年，他就任会长时，向全体会员承诺：为清流人做更多好事、实事。他一方面积极走访会员企业，倾听声音、征求意见、完善制度，扎实开展活动；另一方面吸引在厦清流籍企业家加入商会，使他们成为商会主体；此外，他也不忘乡贤，积极发挥他们的智力优势，创办名师名医名商大讲坛等。

谢小金在商会秘书处成立了招商部、老年部、乡贤联络部、青少年部、法律维权部、会员发展部、会员活动部等 7 个部门，每周六下午为会员活动日，由一名副会长带班，组长轮流当班，大家介绍自己企业情况和特色产品，互通信息、共谋发展。

清流县或有关部门领导来商会调研走访时，他总是放下手中事务，亲自介绍厦门及商会发展情况，为招商引资引智牵线搭桥、出谋划策。所以，许多会员说，谢小金把商会办成了清流县驻厦办。

谢小金积极组织会员参与厦门公益爱心活动，融入厦门的方方面面，如独臂义务交警谢启明是十大感动厦门人物，成为厦门的温暖风景线。在他的引领下，会员拧成一股绳，有事好说，有事好办，也印证了大家的心声："我在哪里，厦门市清流商会就在哪里，因为商会在我心里；厦门市清流商会在哪里，我就在哪里，因为商会就是我的家。"

团结发展真心人

商会一边连着乡情，一边对着市场，团结好会员、服务好会员，是宗旨目标。谢小金说，创业有成功，也有失败，在成功时帮助别人，在失意时被别人关心，商会平台能够发挥更好的作用。

现在，商会企业已发展到近 300 家，行业涉及机械制造、软件开发、电子商务、装修基建、安保设备、酒业餐饮、服装加工、食品加工、进出口业务、土特产零售批发、月嫂保姆等，几乎涵盖了市场的各行各业。近年来，由于经济下行压力和市场竞争激烈，有的会员企业发展遇到困难问题，谢小金和商会在服务会员发展上不遗余力、不断创新。

谢小金经营的皇后庄园澳洲红酒在全国有 300 多家代理商、加盟商，在市场拓展时，他总是优先考虑带动清流老乡一起发展，目前有 30 多人加入他的营销团队，其中厦门有 10 多人。2016 年，东莞有位老乡通过商会找到他，希望做当地的代理，谢小金给予大力支持，这位老乡不负期望，年销量达 300 多万元。在北京、浙江、江西等地，也有许多清流人成为他的代理商，他们都取得了不菲的业绩。

2019 年 6 月，商会在湖里区的金善路建设"清流之家"，共两层，有 1700 多平方米，设有餐厅、特色农副产品专区、酒庄、会员办公、健身房和会议室等，其中餐厅由会员经营，特色农副产品专区展示的都是清流和三明的农特产品。有个清流老乡在厦经营农副产品，租了个店面，每月租金五六千元，压力很大，谢小金就动员他到"清流之家"，承包经营酒庄，酒由他先垫上，卖了再结算钱。2020 年 7 月，谢小金进军智能化产品，组建了一支研发和营销团队，其中有一半的员工是清流人。

为了方便会员交流和活动，2019 年 9 月，商会在同安、湖里和海沧等地设立"会员之家"。在商会的牵线搭桥下，会员企业互通信息、资源共享，有一名做纺织机械的会员因此扩大了朋友圈，带动了业务发展，不到一年，销售额增加 30% 以上。商会还为一名做园林绿化的会员提供招投标咨询等服务，使其顺利中标 3 个项目，标的达 2000 多万元。

夜晚的厦门华灯异彩，风中夹杂着些许凉意，从企业到商会再到家，如此周而复始，有个声音时常响在谢小金的耳边：大疫当前，商会要团结办会、服务会员，发展会务、树好形象；会员要增强信心、迎难而上，心无旁骛、长远打算，为发展积蓄力量。

感恩回馈暖心人

谢小金和商会把这份团结协作的真情延伸到了家乡，2015年以来，他积极带领商会向家乡捐款捐物，累计达200多万元。"清流是老区苏区，经济发展相对滞后，家乡人民还不富裕，每个在外创业有成的清流人都有责任，为家乡的经济社会发展出一份力。"谢小金说。

新冠肺炎疫情发生后，谢小金得知家乡缺乏口罩等防疫物资，充分发挥商会和企业资源优势，紧急多方联系采购，向清流县累计捐赠一次性医用口罩4.5万个、防护服300套、热成像测温仪1台、防护眼镜100个等，累计价值约25万元。

2015年5月，清流县遭遇百年一遇的特大洪灾。面对严重灾情，谢小金号召各位乡贤及企业家捐款不计大小，重在表达爱心，累计收到捐款捐物达50万元，其中现金30万元、物资20万元，用于支援家乡抗洪救灾、重建家园。2019年5月，清流县再次遭受特大洪灾，造成巨大损失，谢小金和会员、乡贤及厦门市三明商会积极响应，募捐救灾款共23万元，并资助20万元帮助在洪灾中受损的李家长灌村重建自来水工程。

谢小金经常带领商会为家乡学校、

皇后庄园酒庄

贫困生、留守儿童等捐款捐物。2018年，为灵地镇尤坊村捐赠价值4万元图书，为清流一中捐建生物地理园，为田源乡小学、幼儿园捐款2万元，为灾民捐赠5万元；2019年，向县实验小学捐赠价值8万元的防近视灯，向清流一中捐赠价值10万元的监控设备；2021年，动员爱心企业向市教育系统捐赠1000多万元，为县城关中学等捐赠护眼灯和学习用具价值29万元；2022年，为嵩溪小学等捐款捐物2.7万元，向清流一中捐赠2万元。

为弘扬红色苏区精神，2019年，谢小金和商会捐资在朱德率领红四军战斗过并打胜仗的锅蒙山建立清流爱国主义教育基地，塑立红军小号手雕像，在老区长校镇建立红军广场。2022年，积极参与"大招商招好商"攻坚战，通过以会招商、以商招商、以情招商等方式，组织在厦企业家到清流开展商务考察活动，对接红色旅游、乡村振兴、精油开发、农产品深加工等招商项目，为家乡的经济社会发展贡献力量。

清流和三明的土特产品物美价廉，在谢小金的倡议下，商会成立了合作社，把豆腐皮、溪鱼、土鸡、粉干、淮山、芋子、大米、米酒等源源不断地销往厦门，尤其受到在清流工作或下乡过的老清流们的热烈追捧。

从光彩公益的跟随者到组织者，这一转变过程让谢小金意识到，光彩公益是一种生活方式，做公益可以体会到助人的愉悦，收获最大的是做光彩的人。谢小金说："每一份善举都是一份爱心，我们将向一代代在厦清流人传承下去，带动更多有'公益心'的人自愿自觉地参与。"

陈宏鑫

以"品质"为使命，
以"品牌"写承诺，
为消费者带来大山深处的原生态鲜奶。

构建全产业乳业生态圈

——记明一国际营养品集团有限公司总经理陈宏鑫

他，致力绿色发展，践行"绿水青山就是金山银山"的绿色理念，把好山好水好空气的生态优势转化为经济优势；

他，致力产业融合，构建生态养殖、智能制造、绿色观光融合发展的全产业链乳业生态圈，实现一二三产融合发展；

他，致力企业建设，深耕乳业市场与品牌管理，注重食品安全、创新升级，持续推动企业高质量发展；

……

他，就是陈宏鑫，中国奶业协会副会长、中国乳制品工业协会副理事长、福建省青商会副会长、福州市青年联合会副主席、明一国际营养品集团有限公司总经理。

生态为先　绿色发展

徜徉在建宁县明一国际天籁牧场，极目望去是无尽的云上林海，百鸟栖息，浪绿波翠，空气清新，令人心旷神怡。奶牛们在这里享受着最优质的食物与水源及最熨帖的养护。山岭茫茫，牧场绵延，逐着风的脚步可以听到高山上的奶牛在唱歌。奶液清香，醇白丝滑，这是奶牛回馈给人们最厚重的礼物。

该综合体总投资 3.8 亿元，是省、市级重点建设项目，集高山养殖种植、休闲观光、科普教育于一体，计划养殖万头优质高产奶牛。项目建成后，将与乳制品加工项目相呼应，成为福建省最大的乳制品产业生态园。陈宏鑫介绍，明一国际建宁生态全产业链总投资 26.7 亿元，由明一天籁牧场、明一生态高新科技园、海峡云上牧歌现代农业产业园等生态项目相结合，形成一个一二三产融合联动的乳业生态全产业链。

2019 年 4 月，液态奶、婴幼儿饮用水项目签约落地，总投资 5.6 亿元，全面达产后，预计产值可达20亿元。同年12月，首批来自澳洲的荷斯坦奶牛和娟姗牛远渡重洋，进入云上高山有机生态牧场旗下的上黎生态牧场。

资料显示，建宁县位于北纬27°的沿线地球高山地带，与喜马拉雅山位于同一个纬度，是地球上仅存的高山黄金奶源带。这正是明一国际生态项目落地于此的原因。

从良种化奶牛饲养、科学化饲草种植、科技化生产管理、规范化严谨

了奶源的纯洁；第二车间是明一高山生态牧场，保障了奶源的营养；第三车间是明一生态高新科技园，保障了奶源的安全。

以"品质"为使命，以"品牌"写承诺，明一国际全力打造乳业核心生态全产业链，为消费者带来大山深处的原生态鲜奶。

创新研发　赢在品质

"一切为了孩子，明一，拥有十大

在第三届中国乳业质量年会上荣获质量金奖和社会责任典范企业两项殊荣

把关，明一国际开启了大健康、全产业链生态事业的新纪元。在良好的环境和严格的养殖体系下，一杯明一生态奶的产生经历了三个"车间"：第一车间是建宁纯净的原生态环境，保障

核心科技。"这句广告语很多人都很熟悉。明一国际凭借不断的技术创新，在国内婴幼儿营养品领域赢得了崇高品牌地位。

陈宏鑫认为，创新是企业的灵

建宁明一国际厂区

魂，是引领行业发展的动力。从事乳制品生产最大的感受就是，市场驱动、创新引领、转型升级，走高质量发展之路。

明一国际婴幼儿乳粉生产基地，首创运用空间微粒子在线测控技术，通过全封闭自动真空无菌输送系统、自由落体式监测剔除技术、全智能化机器人自动操作系统等十大核心科技，保障产品质量安全。

长期以来，在生产技术研发、质量管理等方面，明一国际与国际权威专家、院所、评定机构交流合作，研制适合中国宝宝体质的健康营养食品。组建了一支有丰富经验的专业人才队伍，建立了面积5000多平方米的

独立研发中心。与香港中文大学、中国农业大学、福州大学签订战略合作协议，创建了以专家工作站、省级企业工程技术中心于一体的技术创新平台，逐步建立以市场为导向、产学研相结合的技术创新体系。

明一国际研发中心掌握着最新乳品安全检测控制等技术，取得专利70多项，通过了CNAS国家实验室认可、英国FAPAS实验室认证以及欧盟BRC、IFS双认证，立项省级科技区域重大项目1项、省级两化融合专项项目1项，实施完成市级科技计划区域重大项目2项，参与国家标准制定1项。

明一国际是国内首批启用"产品全生命周期一码追溯系统"的乳制品

企业。在这个数据平台中，通过激光打码技术赋予每罐明一奶粉唯一的可识别身份信息——即 RFID 电子标签，消费者可通过手机、互联网等方式查询奶粉的追溯码，从而获得产品的生产厂家、时间、批号和奶源地等具体信息，让消费者安心放心。

科技创新是品质源泉，以市场需求为导向的科技创新是决胜市场的法宝。"以科技为源泉，用专业缔造营养、用品质兑现承诺，树行业典范。"陈宏鑫说，明一国际的核心科技、智能制造取得显著成效，被授予中国婴幼儿奶粉十大影响力品牌、中国乳业领军品牌、全国产品和服务质量诚信示范企业等称号。

生态牧场项目以及田园综合体项目等。

陈宏鑫以高度的责任感，身体力行，下沉一线，按序时推进生态高新产业园、高山生态牧场、奶制品加工配套服务产业等项目建设，被评为福建省重点项目建设先进工作者。2018年，明一国际被三明市政府列入百亿龙头企业培育名单，努力打造长江以

现代化生产车间

饮水思源　奉献担当

明一国际致力于全球母婴营养健康事业，是一家富有社会责任感的国际型企业。2016 年，明一国际积极响应福建省委、省政府"闽商回归"的号召，到建宁县注册了福建明一生态营养品有限公司、建宁县上黎生态牧业有限公司等多个乳制品产业链企业，建设乳制品加工项目、万亩高山

南产能优越、设备先进的乳制品生产基地。

明一国际始终秉承"一切为了孩子"的理念宗旨，为中国母婴提供安全、高品质的奶粉；同时积极投身社会公益事业，进行爱心捐赠、扶贫助弱，一次次向社会各界传递公益正能量。2018 年凭借"明一国际关爱中国行"活动，陈宏鑫荣获第五届"CSR中国文化奖"最佳影响力奖。

抗击疫情，爱心同行。2020年2月4日，一辆辆载着抗疫物资的货车，陆续开进三明市政府东门捐赠现场。这批价值500万元的物资是明一国际捐献给市区奋战在一线的医务人员、确诊新冠肺炎的病人。在捐赠仪式上，明一国际宣布捐赠100万元抗疫资金。

2020年2月16日，为全力援助湖北，明一国际紧急调拨抗疫物资，跟随福建省总工会的车队，经过20多小时的跋涉，运送到奋战在湖北抗击疫情第一线的福建医疗队员手中；2月18日，明一国际捐出第三批价值30多万元的抗疫物资给建宁县卫健局；2022年再次向福建、江西、上海等多地捐赠物资，为坚守岗位的医疗部门、交通卡点、社区志愿者等一线抗疫人员提供营养支持……自疫情暴发以来，明一国际已陆续捐赠超过800万元的现金和物资，用于疫情防控，陈宏鑫希望，这些现金和物资能够为一线医护人员高强度的工作提供营养保障，以更好的状态一起打赢这场全民战"疫"。

随着明一国际各项目相继落地，企业创造了200多个就业岗位，建宁农村富余劳动力逐步由传统农业向新产业、新业态转型，生态旅游业、服务业、物流业、包装业、运输业等第三产业也得到相应发展，持续带动着当地农民增收致富。

"饮水要思源，做人不能忘本。"陈宏鑫说，立足当地资源谋发展，就应当造福一方百姓、带动一方发展，让当地人民共享发展成果。

王　强

在品牌丛生、强手林立的空调市场中，
做好自己、做强自己，
力争把月兔打造成著名空调品牌。

月兔新生

——记宁化月兔（集团）科技有限公司董事长王强

从空调销售商转变为空调制造商，在外人看来，王强和他的搭档史泉及整个团队"角色"转换如此之大，让人有些难以理解。

2015年，王强团队接手危机四伏的月兔空调无异于一场没有退路的死生之战。站在十字路口的王强，看到了危机，也看到了机遇。在他的眼里，月兔空调在发展道路上最大的"敌人"，不是别人，而是自己。

时间转眼过去了八年，一座座白色家电生产厂房挺立在世界客家祖地、中央苏区红军长征出发地——宁化，每年数十万台空调从这里发往全国，走进千家万户。

2016年销售仅20万台，至2020年销售量突破百万台，2021年达到120万台、营收超过14亿元，而今月兔空调已成为千家万户的优选产品。

一波三折 再启征途

"宁化月兔"的前身是有着三十多年历史的"温州月兔"，是我国最早的空调品牌之一，20世纪90年代，曾是国内叱咤风云的著名空调。但此后由于各种原因，几度沉浮，2014年一度走到了停产的境地。

在业界，众所周知，月兔空调早年用户体验差，在产品质量和售后服务上饱受诟病，以致市场份额不断下滑。王强认为，老月兔的困境不是来源于对手，其堕落源于自身问题，没有了解到客户的需求，产品不接地气，失败也就成了必然。

接触过王强的人对他都有所了解，无论是讲话还是做事，他的朴实无华在当代商业环境下显得与众不同，而就是他这有一说一的为人处世风格，造就了他在空调流通领域的翘楚地位。在接盘月兔空调之前，王强在河南仅空调产品的销售规模就将近10亿元，同时他还进入了通信、教育等行业。2015年之前，他是很多空调企业的座上宾、超级大户，但一次与"温州

月兔"的合作，让他阴差阳错地从商业流通扑进了制造实业。

2014年，王强与当时的老月兔有合作业务，在打款给他们之后一直没有回音，他就去温州找厂家催货商谈。事实上，当时的老月兔由于债务危机，生产经营已经处于停摆状态。"我听说月兔在福建也有工厂，就跑过去看看，到那儿一看是一片荒地，车间就几根柱子，顶都没封。"看到这种状况，王强的心情萧瑟枯凉。

好在宁化县委、县政府热情地接待了王强一行，经过多次商谈、调研、考察，王强团队被宁化的优惠政策和真心诚意打动。在县委、县政府的强有力支持下，王强与史泉等合作

伙伴决定以债转股的方式，接手月兔空调。王强回忆，为了解决遗留债权债务问题，他与关联方接连谈判24小时。回首往事，王强直言"不容易"，称那是一段"值得回忆的历史"。

接着，月兔空调从浙江温州搬迁至福建宁化，光搬家就进行了一个月。"我们那时候没有想过要做实业，但不这么做，之前投下去的钱就肯定回不来了，债权变股东，也是没办法的事。"王强笑着说，"看来做实业也是命中注定的。"这是王强个人事业的转折，更是月兔空调的拐点。

落地消息传来，宁化县很快就成立一个由各部门组成的工作小组，协调解决项目建设过程中遇到的问题。

启动生产面临的第一个难题是用工问题。当时企业搬迁只带了 200 多人，还有 400 多人的缺口怎么办？宁化县立即召开协调会，积极帮助解决。电压不足，电力部门立刻上门，早上 8 点停电施工，下午 2 点完工送电。

月兔空调前期投入大，债务包袱沉重，宁化县华侨经济开发区、经信局等多次组织有关单位及相关债权人、债务人召开会议，进行协调，帮助化解债务纠纷 5208 万元，协助解决融资贷款 5000 万元。

渠道下沉　月兔下凡

如果说，其他品牌进行制造布局，是从平地起高楼；那么，王强以月兔切入实业领域，是从一个深坑往上爬。从厂房建设到设备购买，从技术人员的引进到管理团队的建设，从品牌的推广到市场的开发，从技术改造到供应链完善……过去几年，让王强操心费神的事太多太多，其中绝大部分是他在商业流通中没有遇到过的。

"做销售很简单，我把钱给你，你把货给我。做实业就不一样

空调产品

了，每个环节都很细，不可疏忽。"王强掰着指头数都数不过来。更让他揪心的是，实打实的几亿元资金砸下去，没有风险是不可能的。

2015 年，放眼国内空调市场，行业竞争异常激烈，市场容量日趋饱和，少数大品牌占领了绝大部分份额，其余的则由几十上百个小品牌瓜分。在月兔空调重返市场之初，王强思量好久，决定把线下传统渠道作为打开局面的方向。

第一步，狠抓质量。将老月兔曾经高达 5% 的维修率下降至 1.5% 至 2%；推行独立核算制度，将报废率降为 0.6‰。

第二步，做好服务。避开一线城市，在全国市、县两级设线下销售网点，瞄准城镇市场，同时要求每个销

售网点都配有售后服务；淡季下单当天完成安装，旺季两天内完成；在维修上，旺季时48小时到位，淡季时24小时到位；服务规范化，统一安装收费标准、员工着装及言行。

第三步，注重创新。投入数千万元研发资金，圆柱柜机、变频柜机等新品陆续上市，从家用到商用，小到一匹机，大到10匹、20匹的多能机，全面实现智能化、Wi-Fi物联、App智能控制，满足不同消费群体需求。

月兔空调的销售局面一步步打开了，旗下"月兔"及"一诺维克"两大品牌在东三省、河北、河南、山东、浙江、江苏、广东等地逐步抢到一定份额的市场。

王强介绍，目前，月兔空调拥有全国代理商、经销商1000多家，在全国设立了8个大型配件仓库和多个售后维修点，与苏宁、安时达达成合作关系。2017年，宁化月兔科技有限公司成为第三方家电售后服务平台"中国联保"年度最佳合作伙伴。

"在众多品牌的冲击下，空调价格战只是消费者的直观感受，背后是各大品牌在产品外观、技术、营销、售后等多环节深层次的竞争。"王强说，无论空调市场如何变化，月兔始终把产品质量、市场管控、售后服务视为生命线。

在不知不觉中，月兔空调悄然回归人们的视野，曾经负重前行的月兔，在王强苦心孤诣的谋划下，在2016年摆脱了困境，从此以全新的姿态不断刷新发展新纪录。

创新升级　谱写新篇

2015年3月，月兔空调正式在宁化扎根。这个项目总投资3.8亿元，总占地面积385亩，一期工程建有生产厂房14.6万平方米，设有总装车间、两器车间、钣金车间、喷涂车间、注塑车间，总装线12条，具备年产300万台家用及商用空调整机的能力。

王强说："我们与清华、厦大等高校都有合作。我们的模具、机床等都是国内国际一流的。说到硬件配套，我们可以很自信地说，月兔可以排到空调企业的前列。"

"以节能、静音、智能、健康、环保的设计理念，月兔空调布局家用空调、中央空调、风管机、天花机、多联机以及空气净化器系列、移动空调系列、暖风机系列、热泵烘干机系列，拥有一级变频挂机、一级变频柜机等100多款产品，全面满足消费者的个性化与定制化需求。"王强说。

王强坚持"核心技术、自主研发"

生产车间

的发展策略。目前，企业拥有一支300多人组成的技术研发团队，大都是行业内优秀人才，取得了150多项设计专利证书。如积极响应国家煤改电项目而开发的新产品暖风机，取得了系列前瞻的重大技术突破；设计全新的空调外观，采用R232新环保冷媒技术，高端机里面增加空气检测系统，增加核心产品的竞争力。

2017年，月兔空调荣登"中国空调十大品牌"，成为央视的战略合作伙伴。

2018年，被列入三明市重点培育的百亿龙头企业；品质部组建整改小组，列出23项整改计划；总投资2000多万元的生产线技改完成；高速冲床、钣金冲床以及注塑机等自动化新设备投入使用。

2019年，协助引进一批供应链企业，一些上游压机、电机、电脑板等部件企业正在宁化筹建新的制造工厂，形成了以月兔空调为龙头的产业链布局。

一个崭新的月兔呈现在整个行业的视野之中，但在王强看来，这只是万里长征的第一步。"没有规模绝对不行，但我一直也在思考，月兔即便是做到300万台又能算是啥？相比于国内大家都知道的大品牌，我们还是一个小企业。"王强认为，现在很多的企业和商家还都沉浸在往年的大好行情之中，只要有货就能卖，这种状况是很难持久不衰的。

2021年，月兔推出的新三级变频圆柱柜机、驻车空调、空气能热泵烟草烘烤机等创新产品成为新的增长点。王强坚信，涅槃重生后的月兔定能够走完自己的长征路，在品牌丛生、强手林立的市场中，与时俱进、开拓创新，扎实经营、做强企业，努力把月兔打造成著名品牌空调。

胡凤翔

致力于讲好"一滴油"的故事，
沈郎正朝着现代农业龙头企业大步迈进，
推进"一二三产"全产业链发展。

绿色沈郎　　品健领航

——记尤溪县总商会名誉会长、福建省沈郎油茶股份有限公司董事长胡凤翔

茶油是国际上公认的四大木本食用植物油之一，是纯天然、有机、绿色食品，被誉为"东方橄榄油"。2003年，胡凤翔看中山茶油的绿色商机，果断转型，专注经营茶油。

尤溪是南宋著名思想家朱熹的出生地，朱熹乳名唤作"沈郎"。在尤溪创业的胡凤翔就把山茶油命名为"沈郎乡"，将朱子文化融入企业发展，实践着"一粒油茶，带动一个产业，致富一方百姓"的创业理想。

从一片空白到市场培育，再到市场接受的漫长过程，胡凤翔不断探索产业创新升级，努力实现油茶种植、开发、生产及洗护用品加工、销售为一体，做优全产业链，全力打造中国茶油领军品牌。

守正创新　以质量铸品牌

尤溪种植油茶历史较早，不仅是福建省油茶第一大县、全国木本油料特色区域示范县，而且是"中国油茶之乡"，全县5万多农户种植油茶林，面积超过27万亩。

"儿时的记忆里，茶籽油像有神奇的魔法。咽喉肿痛、干涩、发痒，或者肚子不舒服，奶奶就拿一碗开水，滴入几滴茶油喝下，油到病除。"这份根植于内心的情感，召唤着胡凤翔走上了发展茶油之路。

2003年12月，胡凤翔卖掉了当时还看好的股票，收购一家油茶加工厂，将其更名为尤溪沈郎食用油有限公司。为了适应山茶油现代化加工需要，他将工厂迁移到了尤溪经济开发区城西园，并建成了福建省油茶行业单体最大的厂房，面积1.6万平方米；从原料到工艺严格把关，采用物理低温冷榨工艺生产，控制出油温度小于70℃，保证山茶油的品质，使压榨出油率≥95%。

"正因为有这样的重视和投入，我们才敢拍着胸脯提出'一次性投入生产合格率98%以上，出厂合格率

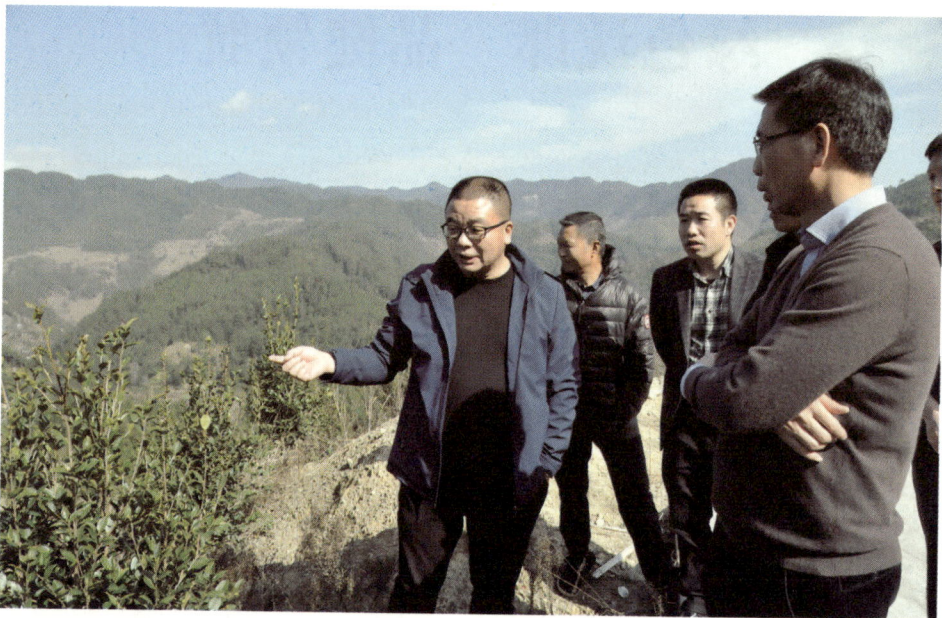

茶山检查指导

100%'的质量目标。"胡凤翔说。2005年7月，"沈郎乡"牌一级山茶油就通过了国内权威机构的有机认证。2015年，沈郎成为福建省首家与央企中粮集团达成OEM（定点生产）合作的企业。

质量为基础，创新添动力。"把技术创新、自主品牌建设作为企业发展的引擎，我们成立了20多人的研发团队，每年拿出3%以上的销售收入作为研发费用。"胡凤翔介绍，"我们将市场压力化为创新动力，再将创新动力转变为竞争能力。"

"我们是全省油茶产业科研领跑者，除了自主研发，还不断深化产学研合作。"胡凤翔说，沈郎参与现代农业（油茶）生产发展、农业综合开发及技改等多个国家级项目，与福州大学、福建农林大学、福建省林业科学院和厦门大学药学院等联姻，如与福建农林大学合作开发的膜脱胶技术及油酸高效提取工艺获福建省科技进步三等奖。目前，沈郎正在承担着福建省林业种业创新油茶良种苗木培育任务。

胡凤翔介绍，沈郎研发出了具有自主知识产权的有机山茶籽油系列产品，拥有专利26项，其中发明专利2项，有18项专利应用于实际生产中，有力提高了茶油的品质，从而提升了市场占有率。

诚信经营 用品质赢市场

2019 年，"沈郎乡"品牌食用油产值达 1.5 亿元，在全国茶油市场占有率排名前五、福建省排名第一。胡凤翔认为，沈郎的成功，靠的是诚信经营和优秀品质。

"没有诚信，品牌就无从谈起。"胡凤翔说，沈郎始终把诚信建设作为企业文化的核心来抓，全员参与诚信建设，加强员工诚信管理，并严守国家法律法规，认真履行责任担当。

油茶生产包装

2018 年春，沈郎与一家企业签订了市场保护价收购油茶果合同，由于当年油茶丰收，11 月收购时市场价格每公斤降了 0.4 元，沈郎仍按合同价收购了 30 多吨油茶果。

近年来，市场上出现了以廉价的菜油、豆油等植物油掺入山茶油中销售的现象。沈郎不仅承诺保证自己的产品不掺假，还组织技术人员攻克快速测定方法，编发《掺假山茶油定性鉴别——气相色谱法》。

在这份理念的指导下，"沈郎乡"一级山茶油自 2005 年以来连续 15 年通过北京中绿华夏有机认证；导入 ISO9001 质量管理体系及 ISO22000 食品安全管理体系；连续十多年的官方抽检，产品均符合国家标准，实现产品质量零安全事故目标。

2014 年 10 月，"沈郎乡"在全省油茶行业率先获得中国驰名商标；同年 11 月，被授予国家高新科技型企业称号；随后，与央企及天虹、天福等达成 OEM（定点生产）合作协议；2019 年 12 月，被授予福建省诚信工作先进单位称号。

特别是与中粮集团的合作，在进行 OEM 审核过程中，中粮集团为了检验沈郎的实际技术水平，参照可口可乐的建厂标准，对其产品质量进行严格的系统考核，检测参数分 9 大部分、3200 多项。经过三轮评估考核，沈郎成为中粮五湖和四海一级大豆油、福临门有机山茶油等产品的加工合作企业。

"在全国新冠肺炎疫情防控的关键时候，我们庄严向公众承诺：稳质量，保供应、不提价。"胡凤翔说，沈郎是讲责任、有担当的企业，言出必行，说到做到，决不搞变相游戏。

致力于讲好"一滴油"的故事，沈郎正朝着现代农业龙头企业大步迈进，推进"一二三产"全产业链发展。线下，通过开展观光工厂、油茶观光园等活动，探索跨界融合之路，将旅游文化要素植入农业产业文明。线上，不仅在天猫、京东等线上商城给予消费者更多实惠，还策划实施了多场次的直播带货活动。"质量好，还会再买。""油很纯正，趁着优惠活动多买两瓶。"……天猫旗舰店铺好评率

100%，京东旗舰店 10 多款产品好评率同样 100%。

精准帮扶　强产业添后劲

2020 年 4 月 23 日，福建省工商联以视频形式召开全省"千企帮千村"行动巩固提升推进会，胡凤翔作典型交流发言，介绍了沈郎通过奏响"把脉、产业、就业、公益"协作曲，帮助结对帮扶村实现村财增收和贫困户脱贫的经验做法。

2016 年，福建省"千企帮千村"精准扶贫行动启动后，胡凤翔在帮扶模式上下功夫，找准帮扶方向，主动结对帮扶尤溪县 4 个村的建档立卡贫困户 33 户 114 人，帮助他们脱贫致富。目前，沈郎已在洋中镇官洋村、

美丽的厂区

精准扶贫慰问

际深村和城关镇下村村等建立油茶基地 6 万多亩，其中自有油茶基地 1.3 万亩，辐射带动紧密型农户 1800 多户，辐射种植油茶林 7 万亩。

不仅在尤溪县，沈郎将"公司＋基地＋农户"合作形式向福建省的其他县域推广。2020 年 2 月 26 日，一辆车头挂着"沈郎油茶应急农资专用车"横幅的货车驶出苗圃，车上装着无偿赠送的 14200 株优良品系油茶苗和 10 吨油茶专用有机肥等帮扶物资，驶向宁德市寿宁县下党乡杨溪头村。

2019 年 7 月，根据福建省"千企帮千村"精准扶贫行动关于推进民营企业参与乡村振兴战略的要求，沈郎分别与大田县前坪乡上地村和寿宁县下党乡杨溪头村签订了以发展油茶产业为主要内容的助村富民帮扶协议，为两个村提供产前、产中、产后等系列服务，并根据需要与农户签订协议，按保护价全额收购油茶果。

在帮扶过程中，胡凤翔还从资金、物资上对帮扶村和贫困户进行捐助，目前已累计投入 180 多万元帮助结对村改善基础设施建设，捐款 60 多万元参与当地扶贫大型公益活动；每年重要节日到结对村慰问建档立卡贫困户、60 岁以上老人近 10 万元的现金和物品。2019 年，沈郎被授予福建省"千企帮千村"精准扶贫先进民营企业称号；2020 年，被授予福建省助村富民明星企业和全国"万企帮万村"精准扶贫行动先进民营企业；2021 年，被授予福建省脱贫攻坚先进集体和党建工作先进单位等称号。

致富不忘初心，发展不改使命。"我们一直将农户视为亲密伙伴，带动他们共同致富，是我们发展的核心要义。"胡凤翔说，这也是沈郎强劲发展势能的底气。

李　永

企业要发展，科技需先行。
南方制药的吸引力，
源自其创新力。

腾飞在生物医药的春天

——记福建南方制药股份有限公司总经理李永

具有 250 万年历史的红豆杉是世界公认的濒临灭绝的天然珍稀抗癌植物，走进南方制药厂区，只见道路两旁种了二十多年的红豆杉，已长得根深叶茂、郁郁葱葱，焕发着别样生机。

南方制药是一家集红豆杉种植及其药品研发、生产、销售于一体的 GMP 制药企业，产品涵盖抗肿瘤系列、抗病毒系列，涉及原料药、医药中间体、技术开发等领域，并建立了国际化、中立原料药制造平台，建有完整的生产技术服务体系。

总投资 3.6 亿元的 CMO 及绿色原料药体生产基地项目已经于 2022 年初正式投产。"尽管大疫当前，但我们没有出现大的动荡，市场销售持续保持旺盛势头。"李永说。

才华初显 临危受命

2004 年，大学毕业初入社会的李永入职于福建华闽，接到的第一个任务就是参与筹备集团旗下的晋江华闽，并担任财务总监；参与企业初创的各方面工作，策划制定主要业务模式。此后，他还参与创建石狮华闽。李永和创业团队以 500 万元起家，在不到五年的时间里，实现了 1 亿美元的销售业绩。晋江和石狮华闽还将业务延伸到房地产、鞋业制造等板块，成为集团改革创新的典范企业。

2007 年，福建省明溪县南方生物有限公司进行股份制改革，增资扩股，更名为福建南方制药股份有限公司，由福建华闽控股。由于晋江和石狮华闽业务日渐成熟，李永的才华得到了集团领导的认可。2008 年，受集团总部委任，李永放弃了已较为成熟的事业平台，参与南方制药改组，先后担任财务总监、董事会秘书、副总经理、董事、总经理。

李永大学所学的专业是财务，入职南方制药后，依托集团总部的力量，利用自身过硬的专业技能和职业素养，优化企业财务状况，化解财务危机，

南方红豆杉种植基地

实现扭亏为盈，且业绩逐年稳健增长，并于2014年成为三明市第一家新三板挂牌的企业。2015年，南方制药第一次定向发行股票，募集资金8000万元，为后续发展提供了资金准备。

2015年，南方制药遇到了发展过程中的另一大转折。关键时刻，李永受命出任总经理。六年任职期间，他战战兢兢、如履薄冰，在艰苦复杂的环境中，探索进取、攻坚克难，与团队一道悉心规划企业发展方向，以差异化、法规化竞争优势，完成了许多业界认为"不可能"的任务。

正在建设的占地300亩的CMO及绿色原料药体生产基地项目主要生产抗肿瘤原料药、心血管病原料药、抗病毒原料药等产品，并承接新型药物CMO业务，致力于打造国际化的、高质量的原料药和医药中间体制造平台。李永介绍，项目建成达产后，预计可新增就业岗位300多人，年产值4.5亿元，新增利润5000多万元、税收4000多万元，对推动明溪新医药产业集聚发展、促进产业转型升级、加快县域经济发展具有重要意义。

随着南方制药的成长壮大，李永在明溪度过了14个春秋，在谋求企业生存发展之路上，虽然面临着一个又一个困难，但他依然坚持着前进的步伐，如今的南方制药已从当初的亏损企业蜕变为国内最大的紫杉烷类原料药生产基地。李永也深深爱上了明溪这片热土，每当关键时刻，他总是带领团队以不同方式参与光彩公益捐赠。新冠肺炎疫情发生后，李永从海外采购医用防护服2500多套，捐赠给明溪县总医院及武汉市中心医院；同时积极做好自身疫情防控和复工复产，努力实现防疫、生产两不误。

产品创新　持续升级

"南方制药的吸引力，源自其创新力。"李永说。

最初，紫杉醇每公斤半成品市场价格高达两三百万元，随着生物医药技术领域的不断创新突破，市场价格下跌了 10 倍，企业收益跳崖式的缩减，企业管理层忧心忡忡。李永认为，走出困境的有效办法，就是向创新要效益。2008 年，通过技改升级，南方制药获得了第一张原料药证书，向医药产业迈出了可喜一步。2015 年之前，产品品种为单一的 5 个紫杉烷类

产品，但现在的新品种达到 30 个以上，增长了 6 倍，包括原料药、医药中间体和制剂产品。

GMP 是企业的生命线。2015 年以来，对标欧美的 GMP 平台，李永将发展的方向定位于以经营原料药为主线，并辅以高端医药中间体和植物提取物，取得了丰硕成果。2015 年，多西他赛原料药生产线通过 2010 年版 GMP 认证；紫杉醇（天然）GMP 质量体系通过美国 FDA 认证。2016 年，紫杉醇（半合成）原料药生产线通过 2010 年版 GMP 认证。2018 年，紫杉醇（半合成）获得印度 DCGI 的注册批件；多西他赛原料药生产线通过 COS 欧盟认证；紫杉醇（天然）原料药生产线通过 2010 年版 GMP 认证；

企业获得日本场地注册许可。2019年，盐酸苯达莫司汀与国内制剂厂家联合申报英国MHRA，获得上市批准；甲磺酸伊马替尼和富马酸丙酚替诺福韦等多个产品在国内外提交原料药备案登记资料；目前已开发50多个品种，已在CDE原辅包平台登记公示的品种已有16个，各品种已在海外60多个国家申报注册。甲磺酸伊马替尼片通过BE等效试验及国家药品监督管理局动态核查。

值得一提的是，2012年，抢在全球第一个获得批准的靶向口服抗癌药物"格列卫"国际专利的保护期到期之际，南方制药与并购的上海百灵联手攻克国外技术壁垒，成功研制出甲磺酸伊马替尼的原料药。2017年，南方制药宣布，"一种甲磺酸伊马替尼合成方法"获得国际PCT专利，并建设一条年产5000公斤的生产线，产品于2019年批量上市。李永介绍，当时进口的瑞士"格列卫"每瓶售价在2.5万元左右，而南方制药的"格列卫"价格只是其十分之一左右，对许多国内癌症患者来说，不啻是重大利好。

2015年前，南方制药的产品就已走出国门，在印度、东南亚市场占有一席之地，但因欧美对药品准入门槛高，企业产品在欧美市场却是一片空白。为跨越这道高门槛，2016年2月，南方制药投入2500万元引进两条新生产线，使产品顺利通过美国FDA和欧盟COS认证。新生产线不仅大幅度增加了先进产能，还降低了15%的生产成本，每年可增收1.2亿元。

2015年以来，李永的另一个工作重心是市场开拓，在稳定存量客户的基础上，不断挖掘新的市场资源，新增国际国内主要客户30多家。

储备人才　科技领航

1992年起，明溪县开展南方红豆杉资源培育技术研发；1995年，红豆杉人工种植技术取得重大突破；1996年开始造林试验；2001年起，南方制药大面积推广红豆杉种植，掌握了红豆杉种苗繁育、速生丰产、选优关键和栽培技术。

企业要发展，人才最重要。李永十分注重研发团队建设，不断调整定位新型研发方向，储备各方面人才特别是合成型人才，保障企业发展的技术支撑力量。

李永介绍，企业自成立以来，先后投入了上亿元用于科研平台建设和人才引进等，2003年被授予博士后科研工作站，2009年上海研发（销售）中心成立，2012年明溪南方红豆杉产

带领团队参展

业技术服务获国家创新基金立项，2013 年福建省抗肿瘤原料药开发企业工程技术研究中心设立。

李永说："随着强大研发团队的建立，企业创新发展有了更坚实的科技支撑。"近年来，在福建省林科院的帮助下，南方制药和中福海峡（平潭）发展联合对南方红豆杉进行品种选育，成功选育出含量达万分之八十的红豆杉，并开展"红豆杉高紫杉醇良种选育及产业化关键技术"研究，将现有含量再增加 30%，进一步提升原料品质。

长期以来，南方制药保持与中科院药物研究所、复旦大学、福建医科大学、福建省林科院等的产学研合作，建立了天然药物研究所等 3 个科研机构。承担省部级科技攻关项目 12 项，并参与有关国家标准制定；拥有 24 项国内发明专利、8 项国际发明专利，研发成果获得 5 项国家和省市级科技进步奖。

立足自身的红豆杉资源优势，南方制药始终坚持在研发方面的合理投入，注重研发和瞄准新产品和新技术，重视人才聚合和知识产权保护。李永介绍，南方制药正在加大投资，布局医药及健康产业，以抗肿瘤药物为主，向药品制剂成品发展，力争在未来十年销售额突破 10 亿元，建成福建省一流、全国有影响、国际知名的抗肿瘤制药企业。

邱保春

在异国他乡相濡以沫，
互相扶持帮助，
是创业路上最铭刻于心的记忆。

在奋斗中闪光

——记匈牙利明溪商会荣誉会长、欧珞威（aura.via）品牌袜业有限公司董事长邱保春

青春在创业中闪光，理想在奋斗中升华。从一个普通学徒成长为一位知名侨领，邱保春身上有着太多的励志故事。

邱保春，1973 年出生于福建省连城县莒溪乡高地村。20 世纪 80 年代末，他独自一个人从连城来到明溪谋生，1994 年带领全家人移居明溪生活，1997 年勇闯东欧……坚持不懈地奋斗，是邱保春最真实的人生写照。

父母以农为生，又由于家中子女多，家庭极度贫困。穷则变、变则通、通则达。在邱保春看来，这或许就是他改变人生的关键。

在明溪创业

1987 年，初中还未毕业，为减轻父母的生活负担、改变家庭的贫寒面貌，14 岁的邱保春便辍学外出闯荡，一个人到了明溪县福田寨木材厂打工赚钱。木材厂大多是体力活，工作强度大，但收入却很微薄，对正值生长发育的少年来说，是个极大的挑战。他心里常想，自己的身体条件无法在这长久做下去，这样的收入也改变不了家庭的贫困状况。

小时候，邱保春常听父辈们说，只要拥有一技之长，走到哪里都不怕，不愁没饭吃。在木材厂的三年时间里，他省吃俭用，一心想着攒一笔钱，去学一门谋生的手艺。1990 年，邱保春辞去了木材厂的工作，在明溪城关的一家修车店当学徒。他勤劳吃苦、聪明伶俐、虚心好学，别人需要两三天甚至一个星期才能掌握的技能，他几个小时便能熟练操作，因此特别得到师傅的赏识和喜爱。

"勤奋干，辛苦赚，努力变。"这是少年邱保春所立的志向。1991 年冬，邱保春已将修车的技能熟练掌握，在师傅的首肯下，他筹措了一笔资金，在明溪城关创办双宝修车店。从当学

匈牙利明溪商会第四届理事会成员合影留念 2019.9.14

徒工到自立门户创业，时间仅一年多，邱保春展现了与别人的异样。在城关，邱保春和他修车店很有名气，在同行及客户圈里的口碑很好，人们对他的评价是——勤做事，技术好，讲诚信，会做人。

从 1991 年至 1996 年，邱保春的修车店生意红火，收入渐丰，他的父母及兄弟姐妹也陆续来到明溪县生活。从农家贫困子弟到事业小成，他实现了通过努力奋斗来改变贫困境遇的愿望。明溪，是邱保春的福地，是他人生事业的第一个出发点。

赴异国发展

从 20 世纪 80 年代起，许多明溪人走出国门，到匈牙利、意大利等一些欧洲国家创业。匈牙利农业、旅游

业、医药业较为发达，而工业特别是轻工业相对落后，这给了闯荡匈牙利的华人华侨以极大的发展机会。

1997 年，邱保春的雄心壮志被明溪县的出国热潮所激发。于是，他将修车店交给了兄弟姐妹打理，怀揣极少的资金闯荡东欧，他要以他的智慧与勇气闯出另一片属于他的更为广阔的天地。在堂哥的帮衬下，他告别了父母及亲人去了匈牙利。

初到匈牙利，邱保春支付完一切费用后，兜里只剩 720 美元了。在异国他乡街头，他重拾当年艰苦创业的精神，从四虎市场摆地摊开始，开启他创业人生的第二个起点。做了一年多，他才付得起每月 1500 美元的租金。在铁皮棚里或汗流浃背，或瑟瑟发抖，他一点点地积累着后续的创业

发展资金。

邱保春独具慧眼，极具商业智慧，善于把握商机。在匈牙利，他一边摆摊设点，一边考察市场，然后将积累的有限资金投入到看准的项目上。从1997年至2005年，他陆续将兄弟姐妹从国内带到了匈牙利共同创业。他们同甘共苦、团结一心、抓准商机，开始进入袜业。从创立第一家欧珞威（aura.via）品牌袜业开始，他人生的第二份事业迅速开花结果。至2008年，欧珞威（aura.via）品牌袜业在捷克、波兰等欧洲国家设立了分公司。

俗话说，有钱男子汉，没钱汉子难。在创业初期，邱保春主要经营时髦服装，由于对行业、对当地消费需求了解不够准确，导致经营资金周转困难，虽然心里很着急，但他并不惧怕，勇于应对各方压力，乐观的他赢得了身边一位朋友雪中送炭，这才得以解除危机。在后续经营中，邱保春重新定位，放弃时髦货，专注常年货。仅一年半时间，他就扭亏为盈，还掉了朋友的钱。每年，这位朋友还会去匈牙利看望他，两人的感情十分地深厚。

服装、袜子等日用品是华人经营的主要产品，包括很多明溪人都在做，邱保春认为，有竞争，才有对手，做生意不是说，自己做的，别人就不能做了。他说："有竞争，才会往上走，因为我是一直往品牌模式在做。要以品质赢，不能在价格上竞争，那样没有意义，也走不远。"所以，在匈牙利，华人做袜子的，经营较好的，就

受到匈牙利当地政府部门嘉奖

那么几家，邱保春算其中一个，他的欧珞威鞋袜内衣套装系列产品源源不断地销往欧洲各地。

邱保春勤奋好学有口皆碑。他十分清楚，勤学是成就事业的根基。事业在不断壮大，企业的发展需要实践经验，更需要科学管理，这就需要加强学习各方面知识，提高能力水平。

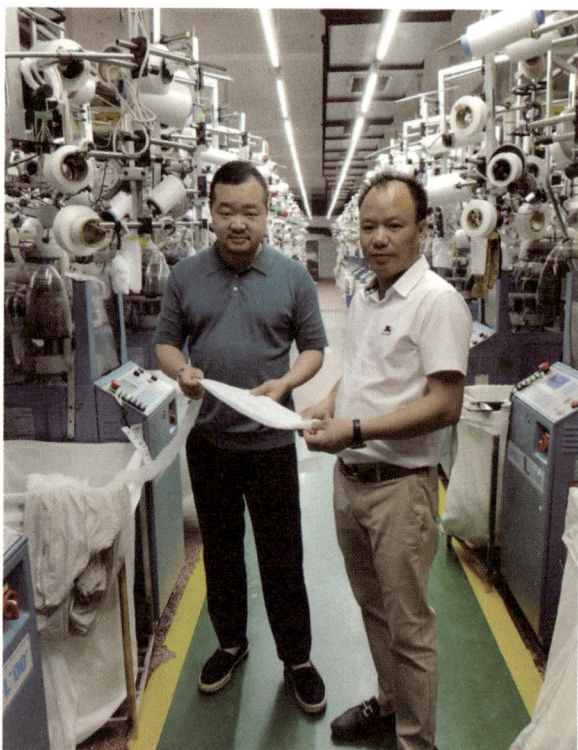

到车间一线关怀员工了解运营状况

虽然他的文化基础较低，但通过自学、求师，完成了高中、大专学业。2010年，他回国考入湖南商学院企业管理专业学习，同时参加了总裁培训班，目前继续在武汉大学学习企业管理。

在世界经济发展普遍低迷的情况下，国内经济依然保持着良性增长，许多海外华侨看到祖国日新月异的变化，选择回国投资兴业。邱保春凭借在欧洲经营企业积累的资金，于2012年把视线转向了国内的房地产市场及轻工业品加工行业，投资数千万元，在浙江义乌创办了米兰地产、开办了袜业工厂。

与乡亲携手

目前，邱保春和兄弟姐妹及亲戚朋友在匈牙利、波兰、捷克、乌克兰、斯洛伐克等国，从事鞋袜批发贸易，大家齐心协力、勤奋努力，共同发展。所以，他时常感慨，在异国他乡，大家相濡以沫，互相扶持帮助，才会有今天的成功，这是他创业路上最铭刻于心的记忆。

明溪和连城县都是客家人传统聚居区，客家人的仁义礼智信、温良恭俭让熏陶着邱保春。他认为，客家人的优良传统，塑造了他坚毅的性格，特别是困难面前不退缩、失败面前不气馁。回想自己的成长历程，他时常感恩于父辈的教导、家人的支持及乡友的帮助，这些都成为他人生中最宝贵的财富。

邱保春为人厚道，待人真诚，乐善好施。在异国他乡，他帮助过许多初来乍到的乡亲，受到旅匈乡亲的敬重。2003年，他被推举为匈牙利明溪商会副会长，2007年起担任常务副会长，2016年被推选为会长。他与商会同仁一起，响应中国驻匈牙利大使馆及有关部门号召，积极支持各项公益活动，资助华人创业，援助各种自然灾害等。2017年，他热情接待明溪县经贸考察团，筹办匈牙利明溪籍侨胞恳亲座谈会暨文化经贸合作洽谈会。

邱保春与商会同仁得到了当地政府及中国驻匈牙利大使馆的肯定与赞誉，受邀参加了习近平、李克强、栗战书等党和国家领导人及国务委员兼外交部部长王毅、侨联主席万立骏等访问匈牙利的欢迎仪式，并与多位国家领导人合影留念。2016年，他受到了匈牙利外交部长西雅图比特的亲切接见，2017年受匈牙利警察总长邀请参加年会并领受欧珞威赞助奖。

邱保春是在匈牙利奋斗多年的华侨，兼任着匈牙利明溪商会荣誉会长。十多年间，明溪商会从一个县级小商会，发展成为今天匈牙利最有代表性的商会之一，这是4000多明溪华人共同努力的结果。新冠肺炎疫情暴发后，匈牙利华人华侨社团发出向匈牙利社会捐助的倡议，邱保春以企业名义捐了50万福林。

在过去的二十多年里，包括邱保春在内的明溪人对中匈两国，乃至亚欧两个大洲之间的商贸活动发挥了积极作用，他们都是"一带一路"的先行者和实践者，而每一个明溪人的昨天、今天和未来都有精彩的创业故事，不断激励着后来者。

中国侨联领导到欧珞威品牌袜业考察指导

黄明水

水有超强的覆盖融合力，
它灌溉干涸的田地时，绝不留下缝隙，
让每一寸土地都吸收充足。

安于卑下　润泽万物

——记将乐县工商联副主席、水玲龙（福建）建设工程有限公司董事长黄明水

在"美丽中国·深呼吸第一城"将乐，如果要盘点一下最美的风景线，人们自然就会想到水。是的，金溪如玉带，温驯聚镛城。她自南向北转东流贯将乐全境，犹如母亲的乳汁，时刻滋润着两岸生灵。站在玉华大桥向下俯视，河面波光粼粼、浮银跃金、风情万千。漫步金溪两岸，鱼儿蹦跳、野鸭追逐，楼在水中、桥在空中、行在画中、乐在其中。

与水有缘的黄明水，就是金溪两岸最美水韵风景制造者之一。他把金溪两岸当作一幅画卷来构建，不断地勾画出了畅通无阻的快速通道、横跨两岸的玉华大桥、气势恢宏的体育中心、融合水韵的水岸幸福里与水岸吉祥里……这一幅幅作品都是将乐知名地标和人们至爱景观。

黄明水的名字中包含着水，以致他勾画的建筑作品也与荡漾的金溪之水相互交融、和谐共生。追逐黄明水

的创业历程，我们发现，在他身上始终闪耀着水的品性。

在低洼之中开创大道

上善之人如同水一样。水滋润万物而不与之争夺，心甘情愿地汇聚于众人不喜欢的低洼之地，所以更接近于大道。

"时常把自己置于低处，就会更容易走向成功的大道。"黄明水说。1992年，黄明水来到将乐。那时的将乐创业环境十分不理想，别说高速公路、铁路，就是好的公路也是寥寥无几。建筑业不发达，创业机会少得可怜，所以很多人劝他最好别去将乐。但是，他不听别人的规劝，还是去了将乐，进入建筑行业。他从一线工人干起，担任过材料员、质检员、安全员、施工员、项目经理、技术负责人，一干就是十多年。将乐县建筑业协会原会长庄文富一说起当年的黄明水便赞不

97

将乐县体育馆

绝口："那个可以跑步弹石灰线的黄施工员真是厉害。"凭着一份对建筑业的热爱和执着，黄明水练就了一身过硬的本领。

之后，黄明水开始独自承揽一些工程项目。虽然他是一个领头人，但是在工作中他时刻把自己置于低处，经常与工地上的工人一起聊家常、干活，及时解决施工中遇到的各种问题。他说，我们是一个团队，我一个人不能独自成功。我们要像水一样集聚在一起，以平常的心态做好工地上的每件事，坚持高质量地完成建设项目。每年春节期间，有些一线员工要回家过年，黄明水就自己顶岗上去，确保如期完成施工任务。所以，至今

很多老员工都说，黄明水是一个谦逊、友爱、无私的"老板级B岗员"。他总是把自己融入施工一线，把最基层的员工看成共同创业者，与他们心手相连奋力创业，不仅帮助他人获得了真本领，也为企业培养了一批精英骨干，为后来创立一级施工企业打下了人才储备基础。

有大格局才会有大作为。黄明水就是一个善于在低洼之地谋格局的人。所谓"心善渊"，就是视野宽、胸怀广。2018年，是一个不平凡之年。黄明水决定，将一家房屋建筑总承包一级、市政公用工程总承包一级及诸多专项一级的施工企业的总部设在将乐。当时，反对声一大片，理由

自然是这么好的企业，安放在一个山区小县，怎么能够吃得饱呢？

在黄明水看来，水处在低洼之地，就是"居善地"。哪个地方最需要水，我们就汇聚到哪个地方，在那里滋润万物，造就美景，成为人们的向往之地，这才叫接地气，才能无愧于将乐山山水水的哺育。

在乐善好施中兼济他人

"一个创业者要像水那样无私，才能兼济他人，成就自己。"黄明水说。在经营企业的过程中，他始终坚持"成己为人，成人达己"的人生观。这是一个简单朴素的道理，就是建立互相帮助、共存共荣的命运共同体，最终达到成就和帮助他人、发展和壮大企业的目标。

黄明水的用人理念就是：尊重人、培养人、激励人、成就人。他认为，一个企业的发展关键，是培养和吸纳各方面人才的能力。因此，他采取了"给位子、给机会、给经费和分好利"等办法，为人才成长创造了一个优良的激励机制。

黄明水精心设计了一套用人之法。第一，建立尊重员工的选择机制。量才设岗，根据员工的专长和愿望，给其合适的岗位，营造有利于员工成长的环境，让每个员工都有自由发挥专长的空间。第二，建立培养员工的成长机制。给员工提供实践、进修的机会和资金，使他们努力做到理论与实践相结合，在实践中发现问题、解决问题，从而实现自己的人生价值。在短短两年时间里，员工考取建筑类各种证书140多本，为企业晋级准备了软件条件。第三，建立激励员工的分配机制。留住人才，就要建立起与个人贡献相匹配的分配制度。他把员工分为三种类型：一是一般劳动者，二是积极创造者，三是富有成果者。通过合理的分位、分权和分利，让各种类型的员工都能积极创造价值，共享发展成果。

在建筑界，很多人问黄明水，你的企业有多少资产？他坦诚地回答："我们最大的优点是善于培养优秀人才，留得住拔尖人才。人才，是我们生存发展的最大最宝贵的资产。"

水利万物就在于它心底无私，无论其物是近是远、是高是低，它都要去滋润，使其吸足养分，茁壮成长。多年来，黄明水一直惦记着家乡的教育事业。2016年，他看到洪濑镇东林小学操场尘土飞扬时，立即捐助22万元，用于实施硬化、绿化工程。当学校准备以黄明水的名字来命名这个项目时，他婉言予以拒绝。2018 年，他在老家建了一座新房，家人准备了 20 万元操办乔迁喜宴。他对家人说，这完全没必要，新时代要移风易俗。后来，他做通了家人思想，把这 20 万元捐给了东林小学。

新冠肺炎疫情暴发后，黄明水认为，大疫之下，无人可幸免，帮助别人就是帮助自己。他第一时间向县工商联捐赠了 30 万元，助力将乐防控疫情。尽管这些年企业还在投资成长阶段，但他还是持续回馈社会，各项捐赠累计达 500 多万元。

在调和融合中发展壮大

"做事情，要似水一样，不漏缝隙，调和融合，才能实现发展目标。"黄明水说。水有超强的覆盖融合力，它灌溉干涸的田地时，绝不留下缝隙，

让每一寸土地都吸收充足，成为优良田地，让人们放心地去耕作，收获到最美的果实。

利人惠己，永续经营。打造优质工程、精品工程和平安工程，一直是黄明水坚持的目标方向。因此，他似水一般渗透于工程的每一个细节。建筑业是高危行业，作为质量安全的责任人，他深知责重任大。"质安行天下，精品促和谐"是他的口头禅，后来成为企业承揽建设的每个项目工地大门口的标语。大家都知道，黄明水是个细心而勤奋的人，经常把家安在工地上，与管理和施工人员一同工作、一同吃住。每天都要进行早会、巡检，每次都要把安全措施检查仔细。大到每栋楼的消防设施，小到每个人的穿戴，都在他的扫描范围内。他经常对员工说："细节决定成败，我们做工

将乐县三桥

水岸幸福里楼盘效果图

程的人，要像装修自己的房子一样，把好每一道质量关。"

　　水有很大的沟通能力、团结能力、组织能力，它可以把万千细水融合起来，形成一股强大之流，去滋润大地。黄明水深刻领悟水的融合力，在长期的生产经营中，综合协调组织各方面力量，共同把好"五道关"：组织决策团队，把好成本核算关；组织精干团队，把好协作管理关；组织攻关团队，把好技术创新关；组织质量团队，把好工程品质关；组织研判团队，把好项目可研关。黄明水在将乐先后承建了玉华大桥、体育中心、玉华隧道、

积善快速通道、水岸幸福里、水岸吉祥里等系列在当地具有影响力的项目，都是与人民群众生产生活紧密相连的惠民工程。

　　在科技兴企方面，黄明水积极参与新科技、新产品的使用推广活动。近年来，企业与中南勘测设计研究院达成战略合作伙伴关系、与三明学院合作建立产学研实践基地、与华侨大学就水岸吉祥里项目新技术、新材料应用达成合作协议。最新科技创新成果的推广应用，成为提高企业综合竞争力的重要支撑。

　　在规范管理方面，黄明水持续健全完善质量、安全、环境一体化的综合管理体系，即全面导入 ISO9001 质量管理体系、ISO14001 环境管理体系、OHSAS18001 职业健康安全管理体系，在同行业率先将质量体系文件按照 GB/T50430 的要求进行改版。

　　至此，凭借融合、信誉、人才、技术、质量等五大优势，黄明水企业得到市场的认可，树立了良好形象，赢得了较好口碑，为创新升级和高质量发展打下坚实的基础。

张德荣

民生，关系你我他，
围绕这个主题创业，
必然是常谈常新、充满温度、魅力永恒……

德之所至　荣之以恒

——记三明市闽东商会常务副会长、福建三明众恒建设工程有限公司董事长张德荣

市政工程，是民生工程，建设者之"德"，决定项目质量。《论语·里仁》有云：德不孤，必有邻。是以，德之所至，荣之以恒，必有众焉。

德寓之于创业、善寄之于行为，张德荣，人如其名，释儒善念，相得益彰，有德有度。

如果说市政工程惠及的是普通市民，那么果蔬保鲜普惠的则是广大农民，张德荣认为，民生，关系你我他，围绕这个主题创业，必然是常谈常新、充满温度、魅力永恒……

恒力创业　善念存心

人生是一个大舞台，悟性靠自己，奋斗靠努力，生活靠创造。

张德荣虽为古田人，却生长在三明，熟悉市区下洋片区的一草一木。1979年，初中毕业后，张德荣有幸被国企三明市市政工程公司录用。"说好听点，拿了铁饭碗，吃了国家饭；

说难听点，实际是现场工人，干的是体力活。"他回忆说。

道路施工、给排水、污水处理、园林绿化……这些平时熟悉不过的东西，现在成了每日工作。然而，每个行业都是有技巧的，简单如给排水沟的砌边、拌砂浆、抹缝沿，也是需要精巧手艺的。张德荣认真地看，用心地学，特别关注老工人施工时的"绝活"。一年后，张德荣被安排去学习汽车驾驶技术，当了一名司机。

每天跟工程接触，张德荣看出了国企的弊病，尤其是工作效率不高。青春年少、思维敏捷、精力充沛，他对工程施工业务日渐熟悉，于是心里就想，何不自己把工程承包过来做。这个想法让他走上了"兼职"创业之路，就是一边在单位里上班、一边承揽业务经营。1981年，他办理了停薪留职手续，专心专注市政工程建设。

张德荣后来几经转行创业，搞过

103

梅岭路透水砖人行道

运输、做过贸易、开过酒店等，尤其是做铜贸易时，别人看他没做什么，实际上每日都有很多盈利，在 20 世纪 90 年代时，他的手上就积攒了大量的现金。他说，钱来得快，不懂得珍惜，走了弯路，很快就花得干净。好在他的妻子私下给他攒了一笔钱，让他得以东山再起。不管在哪个行业做，张德荣始终秉承着一颗善心与人交往，而且总是乐于助人、慷慨大

方，不仅得到大家的认可，而且自己也受益良多。

后来，因为各种原因，张德荣又回到了原单位上班，还负责带支施工队伍，但是没多久，时代又把他推向了创业之路。"那时候，企业改制，全员解聘下岗，我手下还有 10 多人，不忍心看着他们失业，就带着他们一起创业了。"他说。

2008 年，张德荣成立福建三明众恒建设工程有限公司，主营市政工程建设，并逐步将业务延伸到上下游的原材料，如沥青和混凝土搅拌站、机制砂等。2020 年，他投资 8000 多万元，经营果蔬保鲜冷链项目；2022 年，投资 300 多万元在闽北建立蔬菜基地。截至目前，他的 8 家关联企业直接或间接解决就业 600 多人，年纳税 1000 多万元。

品质至精　无愧于心

一条条贯穿城区的道路宽阔平

坦，一处处设计别致的绿化点缀其间……放眼如画的三明市区，广大市民深深地感受到，城市面貌日新月异、功能日趋完善。这些成绩的取得，张德荣和众恒团队是建设者、奉献者。

市政工程都在城区，市民每天都看得到，特别是人行道，每天行走，质量好坏，大家心明眼亮。所以，不论工程大小，施工建设时，张德荣只要有空，就会去现场走走看看，这样才放心踏实。他常说，众恒能在众多的竞争者中脱颖而出，靠就是质量和信誉。

市区的梅岭路，曾经是列东片区市民反映比较多的一条"破烂路"，2018年改铺透水砖，众恒团队采用新技术——垫层用特制的渗合剂，与精选的沙子按比例融合后，铺垫在透水砖下面，使相邻的透水砖互相紧密地黏合在一起，既牢固又透水。这样，即便下再大的雨，也不会有积水和溅水了，人们行走其上，脚下松软，都称赞是条好路。

2020年5月，张德荣承接了205国道某路段路面沥青铺设项目。按照要求，铺设的石子不能有风化小石子。由于施工人员不慎，少许风化小石子入料搅拌，铺设在了路面。这些小石子对整个路面的车辆行驶，不会有什么影响，验收时也很难看出来。但现场检查时，张德荣一双火眼发现了问题后，要求把有瑕疵的路面洗刨铲掉重做。这一返工多花了30多万元，但他却认为很值得，把小问题解决了，就不会有大问题。

近年来，由于市场竞争激烈，许多企业竞相争揽业务，但张德荣只做自己的强项，不熟悉的业务不轻易去碰。有一次，市区一大型地产企业找到他，希望他能参与土方施工。经过面对面交谈，他婉拒了。众恒主要业务是市政工程，土方工程几乎没有涉足，不会就是不会，就是不能去做。"不懂装懂，出了质量或安全事故，那就是大事，这样的事，即使利润再多，我是不敢做的。"他说。

市政工程建设，张德荣是个行家，对冷链保鲜他却是个外行，他决定投资数千万元，收购众旺冷冻及仓储项目，除了合作股东熟悉业务，更重要的是看好未来的市场前景。

这个项目位于梅列翁墩物流园，冻库设计容量26000吨，其中包括仓储库、配送中心及其他配套设施用房，年仓储及配送各类保鲜品可达数十万吨，是闽西北最大的冷冻及仓储项目。张德荣与福建农林大学进行校企合作，并建立了专业试验室。"这个项目的投入使用，为三明农副产品的保质和农户增收加道保险。"张德荣说，"农副产品，一头联系着亿万农户的生产致富，一头关系着千家万户的日常生活，把这项民生事业做好做实做精，是一件很有意义的事。"

涓涓细流　点滴爱心

走进张德荣的办公室，正厅墙上一副对联赫然入目：众纳福大爱无疆，恒贵庭旗帜飘扬。说起这副对联还有一段故事。

2019年6月的一天，张德荣邀请一朋友去考察冷链保鲜项目，这时，办公室门口有一乞讨人员在探头，他看到后，不嫌弃他身上脏，就叫他进去喝茶，还给了他几百元。这位朋友目睹这一切，深有感触地说，一个有爱心的企业家，无论在哪里投资，都是福地，项目看不看意义不大。第二天，这位朋友写了这副对联，还专程给他送来。

这件看似很小的一件事，却是张德荣点滴爱心的一个缩影。做善事，不一定是大事，小事也同样感人；一个人做一件好事不难，难得的是在日常中坚持不懈地做。下洋片区的许多居民熟知张德荣，就是因为他长年累月地做这些"小事"。

下洋社区后山，一下雨，泥石冲到小区路上，靠近山边的居民出行十分不便。2020年8月，张德荣出资10多万元，在路边砌了挡墙，用沥青铺

冷链果蔬保鲜厂区

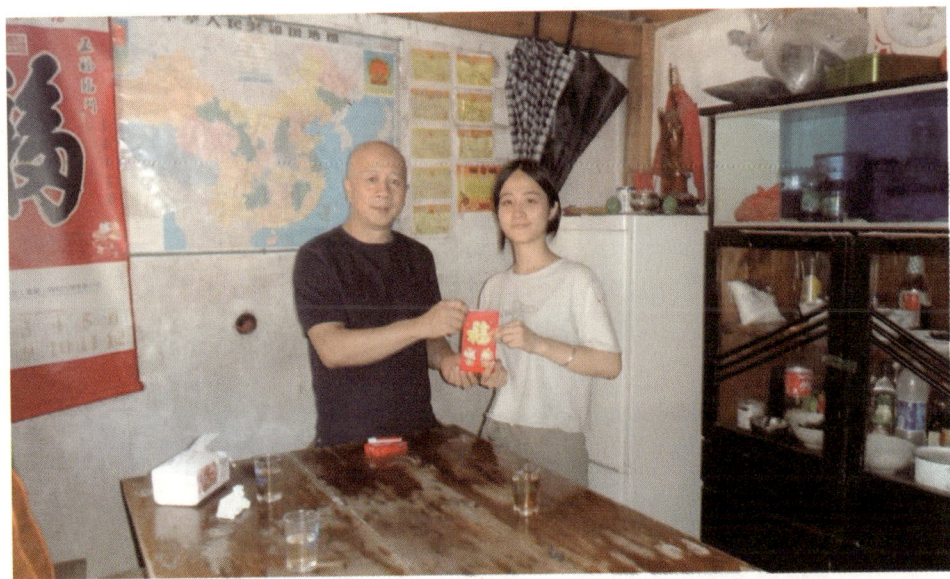

捐助贫困生

了路面。尽管许多居民对他赞赏有加，他却谦虚地说，他的办公室也在这里，做好了，他出行也方便了。

这样的事例还有很多。新市中路190号，一幢棚改楼有条20多米的长梯，楼里住的大都是老年人，曾经有5人在这摔倒住院。张德荣得知此事后，掏钱做了楼梯扶手。

曾经有一段时间，下洋社区时常发生偷盗事件，张德荣与左邻右舍想了不少法子，比如成立义务巡防队、封闭出入口等，效果不理想。他与居委会商量后，掏钱在路口安装了电子监控器。有了这只"眼睛"时刻看着，小偷不敢光顾了，再也没有发生偷盗现象了。

下洋社区有部分房子是20世纪80年代建设的棚改房，住户在柴火间旁堆放杂物，创城时需清理掉，社区工作人员和志愿者用铁锹一锹锹地铲，很辛苦。张德荣就安排工人，调用设备，免费承担清理工作。

张德荣做好事善事，决不仅在社区里，近年来，在脱贫攻坚、抗疫防控、捐资助学、修路建桥、抗洪救灾和乡村振兴等方面，都有他的身影，捐款捐物达200多万元。

把企业办好，稳定就业、增加就业，也是企业家对社会的贡献。张德荣说，任何有责任感的企业家都要时时关注社会和民众的核心关切，勇于创新、诚信守法，拓展眼界视野、承担社会责任……

林正泉

从小练就自立自强的品格，
敢拼，讲诚信，勇于挑战自我，
在跨界中成长，在行动中超越。

在跨界中闯出新天地

——记三明市福州商会常务副会长、福建广达建设工程有限公司总经理林正泉

创业如同很多尚未开始的事情一样，没有人能够预测到收获的是什么：是赚得盆满钵满的成功喜悦？抑或是一次次碰壁打击后的一蹶不振？还是愈挫愈勇中的成熟干练？

从流动商贩到经营食品实体企业，再到跨界跻身工程建设行业，林正泉创业不走寻常路。

"在跨界中成长，在行动中超越。"二十多年创业路上的光影与艰辛，在他的诉说中，犹如一部无声却富有张力的电影。每次站在人生的十字路口时，林正泉总是用这句话不断鼓励自己：人生需要拼搏。

年少——自修生意经

1977 年 7 月，林正泉出生于平潭县，家中有五个兄弟姐妹，他排行老四。小时候，林正泉家里并不富裕，一家人就靠父亲卖海产品来维持生活，一年到头也见不到父亲几次面。

虽然年纪小，但每次看到拖着疲惫的身体回到家里的父亲，林正泉心里总是酸楚，恨不得早点长大，为父亲分担一些活。15 岁那年，他初中毕业后，就跟随父亲来三明谋生。

"有时，凌晨两三点起床，天还没亮就要到批发市场。"回忆一家人创业初期的那段岁月，林正泉仍记忆犹新。那时，只要想到努力干活，能给家人带来更好的生活，他每天似乎都有使不完的劲。

在大三元商厦一楼的批发市场，人们总会见到一个小男孩用稚嫩的声音大声吆喝着：新鲜的虾干、墨鱼、海带……一开始，林正泉对这样的吆喝不习惯，也不知道怎么招揽客人，摊位鲜有人问津。但办法总是有的，他开始在生意好的摊位边上观察，学习他们与顾客打交道的样子。久而久之，他自己总结了一套经验做法，摊位来的人也慢慢多了起来。

"一天下来可卖一两千元，利润上百元，那时普通人每月工资也只有几十上百元。"一家人的生活越过越好了，林正泉憧憬着更美好的生活。

然而，好景不长，市区各类海产品越来越多，营业额不断下降。林正泉认为，与其在此拼消耗，还不如另辟蹊径。在和父亲及家人商量后，他决定转战农村市场。

"哪个乡镇赶圩，我们就去哪里摆摊。"那段时间，虽然很辛苦，但林正泉每天过得快乐而充实。"我几乎跑遍了三明所有的乡镇，为了抢占一个好摊位，天不亮就出发，回来时往往是天空满星了。"他说。

七年后，父亲"退休"回平潭老家生活，将三明的生意交给林正泉兄弟打理。接过父亲的"衣钵"，林家兄弟决心将生意继续做大，除了卖海产品，还想占领五谷杂粮市场，把它们卖到全国各地去。

探索——把好安全关

心有多大，舞台就有多大。不甘心做一名小商贩，林正泉兄弟商量后决定公司化经营，而年少时的这段创业经历，练就了他自立自强的品格，为他今后创业做了彩排。

1997年，三明市辉业食品有限公司成立，林家兄弟从流动商贩正式转变为"正规军"。"除了有合作供应商，还有稳定市场量，当时五谷杂粮

碧桂园项目

商超辉业产品

市场需求很大，我们认为，发展前景广阔。"林正泉说。

然而，想永远比做来得容易，在辉业食品成立后不久，现实却给了他重重一击。

与原先的小本批发贸易不同，实体企业运营需要投入大量的资金，先前的几十万元本金很快就见底了。再加上一开始他们对公司经营管理没有章法，产品同质化严重，缺乏竞争力，企业的处境十分艰难。

林正泉遇到了创业路上的第一个"阵痛期"，那时，他常焦虑到失眠，陷入迷茫，接下来的路要怎么走？

可是，开弓没有回头箭。一番思想斗争后，他决定直面问题，将难题各个击破：管理不到位，就聘请专业团队，让专业的人做专业的事；资金不足，就想办法融资，确保能够持续正常运转；产品不够好，就引进优质的种子和先进的技术设备，提高附加值。

打好地基，才能建好楼房。在经营辉业食品中，林正泉深知，自己对行业知识的欠缺，于是到一线当工人、业务员、司机和搬运工，与员工共同成长。就这样，他们咬牙坚持，一步步走过了那段难熬的岁月。

功夫不负有心人。经过半年多的努力和整顿，辉业食品逐步走上了正轨，订单如雨后春笋般增长，生产规模逐渐发展壮大，2013年升级为福建省辉业食品集团有限公司。

逆水行舟，不进则退。创业，永远在路上，林正泉认为，辉业食品虽有一定体量，但还处于起步阶段，面临着机遇，也有很多挑战。

林正泉说："对食品企业来说，安全就是它的生命。"为确保货源稳定可靠，2017年，辉业食品在哈尔滨建立了11万亩的有机杂粮基地和近24万亩的普通杂粮基地，采用"公司+基地+农户+卖场+电商"的经营模式和从种植到研发、生产、包装及渠道分销全过程一体化管理模式，所有产品除了自有检测中心检验外，还通过国家有机食品认证或 PONY 第三方检测机构把控。

海阔凭鱼跃，天高任鸟飞。如今的辉业食品已与沃尔玛、家乐福、永辉、中百仓储、物美等国内 40 多家大型连锁超市建立合作关系，市场网络遍布全国 20 多个省份。

跨界——跻身地产业

认识林正泉的朋友，总会不自觉地给他贴上这样的标签：敢拼，讲诚信，勇于挑战自我。

在辉业食品步入正轨后，林正泉不愿待在舒适区，又有了别的想法。手上有闲置资金，他就寻找新的投资项目。2004 年，他"嗅"到了好时机。福建三钢集团在寻求合作伙伴，他就投资了几条辅助生产线和一些新设备，每年都能拿到一笔分红。

在三钢"小试牛刀"尝到甜头后，他更加坚定了自己的想法，决定自己单干，开辟属于自己的新天地。可在食品行业摸爬滚打了这么多年，对其他行业并不了解，又能做什么呢？那些年房地产炒得火热，林正泉抱着试一试的心态，学做工程建设。2011 年 2 月，他成立了福建广达建设工程有限公司。

隔行如隔山，林正泉对此深有体会。一开始，他认为，做生意都是相通的，只要先把企业成立起来，之后再慢慢摸索，自然就能上手。然而，尽管自己之前积累了多年的"生意经"，但毕竟行业跨度太大，广达建设成立后可谓举步维艰。

2019 福建广达平潭之旅

"看成败，人生豪迈，只不过是从头再来。"正如歌词中所写的那样，林正泉就像第一次创业那样，放下身段，从零开始学。只要有项目在建，他就穿着工作服下到现场，向有经验的工人学习和讨教，不明白之处还要做记录。经过一段时间的跟班学习，他慢慢地找到了这个行业的窍门。

转机出现在 2013 年。碧桂园进驻三明后，经朋友介绍，林正泉顺利拿到了这个地产项目的部分土石方工程。"做工程第一要义是安全，其次要讲诚信，能够按客户要求的工期保质保量地完成。"这么多年，他是这么说，也是这么做的。

酒香不怕巷子深。没过几年，林正泉和广达建设这个新兵，凭借着合理的工程报价、高质量的项目施工，被业主方高度肯定。此后，很多地产企业慕名前来，指定把基础工程项目交给广达建设。

跨界发展，林正泉一样干得很好。除了承接本地的土石方工程外，广达建设还承接了碧桂园在深圳、广州、成都、福州等地的在建项目，同时把企业的业务向市政道路工程、隧道和桥梁工程、城市园林绿化、房地产中介等延伸，工程质量与安全生产合格率都达 100％。

成绩属于过去，奋斗成就未来。尽管有过低谷、有过失意，但也有过辉煌、有过得意，在追逐梦想的道路上，林正泉始终保持着奋进的姿态，坚定而执着地探寻那汪汪甘洌清泉。

粮食生产基地

范承胜

茶叶无论赋予多么华丽的外衣，
终究还是一片普通的叶子，
用专业和理性去对待才是最本真的。

美好，与大众分享

——记北京三明企业商会副会长、北京茗栈商贸有限公司总经理范承胜

一片片小小的茶叶，讲述着各不相同的故事。一个有匠心的制茶人，每一步都不会懈怠，他的全部身心都在茶里，即使外界再"嘈杂"，他的内心也是安静的。

范承胜，二十多年茶龄，国家一级评茶师、国家人社部首批茶艺师考评员、云南大叶种白茶创始人、厦门海峡两岸民间斗茶赛专家评委……

茶人、茶商、茶儒，在自我升华蜕变中，范承胜将他认为的"美好"，分享给了大众，成就了茶人匠心。

不期而至的茶缘

茶缘，对范承胜而言，有着更深的体会。1992 年，在填报高考志愿时，茶学专业不是他的志愿，也不是他的初衷，他是被调剂去的。但他一接触上茶，便就喜欢上了。在安徽农学院茶业系的四年学习中，浸润在茶的世界里，范承胜逐步了解了中国茶文化的博大精深。更让他引以为傲的是，安徽农学院是中国现代茶业科学的摇篮，这里孕育了茶学泰斗陈椽、王泽农等茶业学科的奠基人。

1996 年，范承胜大学毕业的时候，正是茶业不景气之时。摆在他面前的有两条路，一条是到乡政府工作，另一条是自主择业。虽然有家人极力的劝说和铁饭碗的诱惑，但是他最终还是选择了只身一人到厦门追寻梦想。经过近两个月的找工作和面试，他入职一家台资茶企，从此开始了茶人之旅。

在三年的打工生涯中，范承胜几乎参与了茶叶生产销售、茶艺培训、茶叶展览等各个方面，并体悟到一个茶人的快乐。1999 年，范承胜在厦门禾祥西路开了家门店，创立芸茗茶业，为酒店配送低档的餐前茶。然而，创业的艰难超出了想象，门店前半年每个月营业额仅两三千元，连店租和

首创古树白茶工艺

工资都发不出来。无奈之下，他只得去另一家茶企打工，每月领到工资后，再给店里员工发工资。

一路风雨，一路坚持。随着时间的沉淀，范承胜的专业和诚信赢得了客户的认可，并逐步开设分店，引领厦门茶馆业日式风格向中式风格转变。2000 年前后，铁观音风靡全国，他去安溪县建立了茶园示范基地和加工厂，配有化验室、冷藏室、茶叶评审室、精制加工车间、烘焙车间、包装车间以及仓库等。

在厦门的茶业界，范承胜逐渐有了名气。如果有人要买茶，懂茶的人一般会推荐：范承胜的店里有好茶。从 2005 年以来，他多次参加厦门海峡两岸民间斗茶赛，获得过 5 个茶王奖。让人意想不到的是，他从一名"参赛者"升级为"专家评委"。

2005 年 5 月，范承胜代表厦门茶馆到北京参加全国百佳茶馆评审大会，发现大众化茶楼在京几乎无迹可寻。经北京茶友的牵线搭桥，2006年，范承胜和古道茶馆一起合作，经营目前北京最大的一家茶馆和两家茶叶门市部，成为他在北京市场布局的初始据点。

2014 年，范承胜在北京的繁华闹

市中打造了一座极具闽南风味的茶生活体验馆——芸天下茗栈，两层共600平方米，这里的每一砖一瓦都是从泉州市运输过来的，被人称为繁华都市中难得一见的清静之处。他的初衷是，因为都市快节奏的生活，让许多人变得烦躁焦虑，而茶可以让生活慢下来、让心静下来。芸天下茗栈里的一茶一器都是范承胜与妻子亲自挑选和精心布置的，是奉献给广大茶友的倾心礼物。

矢志不渝的茶情

2011年，普洱茶风光无限，价格飞涨，引起业界的普遍关注。科班出身的范承胜是个理性茶人，他认为，茶叶应注重品质，而不是炒作故事。所以，他决定亲自前往普洱茶的发源地一探究竟，到底这片古老茶叶脱离了故事，是否还有留住消费者的魅力？

于是，范承胜约上安徽农学院的同学郝连奇一同远赴云南，实地走访了8大茶区，喝遍

担任两岸斗茶赛评委

了40个古寨的普洱茶。为了让消费者免受天价茶的伤害，他们个人出资收集各山头茶样和土壤样本进行内含物检测，绘制云茶山生态地图，编著《普洱帝国：云南普洱24寨》，被称赞为：专业人干了专业事。

范承胜用三年时间建立了"云茶山普洱帝国"，正当所有人都以为他的普洱之路将越走越宽的时候，一个狂热的想法突然将他自己改变了。云南山头茶这么好的生态和丰富的品种资源，为什么大家都一窝蜂去追捧普洱茶呢？打破思维定式，创新技术工艺，制作古树白茶。这个大胆的想法在范承胜的思绪里不断酝酿着。

"白茶新贵，好喝不贵。"将这样

的追求，落实到茗茶上，这是一个挑战，需要有高远气度、严谨节操、淡泊情趣。除了寻找合适的原料外，别无他法，而云南丰富的古茶树资源，为范承胜实现理想提供了条件。

名山名寨的古树原料，已经脱离了本身价值，成为小众追逐和资本炒作的对象；但还有很多贫困村寨的古茶树，不为人所知。在三年的时间里，范承胜和他的同学郝连奇在条件艰苦的深山老寨创制了云南大叶种白茶"六道十八法"工艺，于2018年获得了国家发明专利，为古树白茶从试验走向市场铺平了道路。

"六道十八法"突破大叶种的叶形大难做形的难题，解决了鲜叶容易红变、褐变等问题，使白茶拥有迷人的花果香和大叶种特有的薄荷香。2018年，范承胜团队在勐库建立第一个白茶初制所，批量生产古树白茶。

2019年6月，济南东方大酒店的品鉴会，古树白茶第一次亮相。如果过不了济南茶人这一关，白玉龙古树白茶要走向全国就很困难。山东是茶叶消费大省，而白茶已经成为齐鲁茶客的最爱，没有得到他们的认可，意味着古树白茶将失去国内最大的市场。200多位嘉宾，有专业茶人，也有资深老茶客，更多的是同行从业者。

品鉴会更像是一场审评大赛。五款古树白茶不负众望，通过了专业考验，获得了茶评人的一致肯定。

当古树白茶这个创新品类进入大众的视野后，它的冷泡创新饮法也渐渐为众多茶客们所认可和接受。冷泡茶刷新了人们对传统白茶的创意认知与时尚体验，打破了时间和空间的限制，让泡茶的方式不局限在开水和茶桌上，从而成为随泡随饮的一种时尚便携饮料。

天生丽质的古树白茶入口清凉，有薄荷味，茶汤鲜醇度高，耐冲泡，喉韵长，似有条小白龙优雅贯入。白玉龙，古树白茶明星产品，大众消费得起的好茶，吐露着茶的芬芳，传扬着范承胜和古树白茶的不解情缘。这样的"美好"注定要为更多茶客带去福音，为茶农脱贫致富带来希望。

胸怀大众的茶心

没有扎实的基本功，就不可能出好作品；没有普世价值，就不可能去做老百姓都喝得起的好茶。

范承胜进入茶行业二十多年，喝过的茶数以万斤计，是行业中难得一见的理性、专注、执着的"学术派"茶人。在茶叶漫天涨价、斤斤过万时，他依旧心态平和，坚持底线，不卖弄

云南白茶研究中心签约仪式

情怀，不炒作故事。

范承胜认为，茶叶无论赋予多么华丽的外衣，终究还是一片普通的叶子，浮夸的炒作，只会让人敬而远之。用专业和理性的态度去对待每一泡茶，才是最本真的。

"茶是有文化底蕴的，但赋予它太多的故事，会把它引入到一种虚无缥缈的境界。"范承胜说，炒作可能会带来短期的效应，但从长期看被伤得最深的还是产业本身，当泡沫吹破的时候，许多茶商也许会血本无归。

匠心，匠者之心。范承胜理性制茶，把品质做到极致，视制茶为艺术修养。有人说他是茶儒，那是因为他对茶有着"天不老，情难绝，心似双丝网，中有千千结"的情怀；也有人说他是茶商，那是因为他对茶有着"衣带渐宽终不悔，为伊消得人憔悴"的执着；还有人说他是茶人，那是因为他对茶有着"多情最是波心月，一路相随伴我归"的心结。

与其做好十件事，不如用做十件事的精力，去做好一件事。范承胜将自己深深地扎根在大山之间和茶行业里，不断向外传递着茶的美好，与大众分享着茶的美好。都说茶品如人品，在范承胜的身上，人们可以轻而易举地解读到一个有温度、有态度、有锐度的茶人精神。

张 炬

只要有利于民族生物医疗事业发展的，
在自己有能力的情况下会坚持做下去，
这是在医学领域遨游逐步形成的"中国梦"。

医者仁心　矢志不渝

——记北京将乐企业商会会长、世诺医联（北京）文化传媒有限公司董事长张炬

所谓成功，从来都不是一蹴而就的。成功是每个人所向往的，然而它并不是路边的石头，随处可捡；也不是花园里的花朵，随意可得。前途总是光明的，道路却是曲折的。一个取得成功的人，往往都是几经挫折、矢志不渝、信念坚定。

二十年前，一个来自闽西北小城将乐县的小伙子，只身去了首都北京，艰苦创业，从联合经营医院科室开始，几经挫折失败。尽管国家对民办医疗政策不明朗，但他艰难渡过了低谷期，创办了多家医疗机构和生物医药企业，还举办了6届诺贝尔奖获得者医学峰会。

不经一番寒彻骨，怎得梅花扑鼻香。在创业的道路上，他坚信，失败与挫折都是成功的最重要基石，只要努力、再努力、持之以恒地努力付出，就一定会有收获的。他就是北京将乐企业商会会长、世诺医联（北京）文化传媒有限公司董事长张炬。

意志坚定　钻研医学

张炬的家乡是福建省将乐县高唐乡。他的父亲在乡里以采石、伐木、耕种为生，特别是采石的工作，危险而繁重，有时还有人捣乱。他的父亲有着坚韧的性格、顽强的毅力和一颗宽厚的心，每天起早贪黑地劳作，艰难地撑起了整个家，养育了三个孩子。

虽然生活艰难，但是从小受到父亲的影响，张炬养成了坚强的性格。他告诫自己，一定要自立自强，不气馁、不放弃。小时候，他的心里就有一个目标：将来长大了，一定要让父母和弟弟、妹妹过上好日子。

在高唐中学学习时，张炬的各科成绩都很优秀，成为学校为数不多能够考上将乐县一中的学生。在学习期间，张炬与同学们相处十分融洽，大家都喜欢他的淳朴性格，他和很多同

学结下了深厚的友谊。1993年高考，张炬如愿考上了山东中医学院。

山东的九月，云淡风轻，天高气爽。带着家人沉甸甸的期望和全家多年的积蓄，张炬迈进了山东中医学院的大门，开始了大学生活。在学校

里，张炬刻苦学习、追求上进，掌握了中医基本理论和脉诊、舌诊、针灸、药学等不同门类的知识。山东中医学院教授刘光亭对张炬的坚毅性格和勤奋执着印象深刻，经常指导他如何更好地掌握要点，张炬也从中领悟到了很多书中没有的知识。

1998年，张炬毕业后，刘光亭教授把他留在了山东中医学院附属康复医院，担任住院医生。工作中，张炬把住院医生的本职做好之余，总是如

饥似渴地继续学习。他勤奋好学的精神，引得很多中医大家都愿意对他悉心指导。他跟随中医名家张志远教授、针灸名医肖永检教授等随诊抄方，得到很多中医真传。张炬还虚心地向药房老师学习如何认识和鉴别中草药，学习制作传统中药制剂，如膏药、水丸、蜜丸、滋补膏方等。

在苦学中医知识的同时，张炬对西医也进行了系统学习，熟练掌握了多种疾病的手术治疗，还能独立做些较难的手术。多年以后，张炬有幸成为国家级名老中医张大宁教授的弟子。

几经浮沉　拨云见日

成为一名合格的医生并不是张炬的最终目标，他认为，如果只是成为一名好医生，那只能对有限的患者进行治疗。在几年住院医生的工作中，他发现医院管理存在着一些问题。为了能够帮助更多的患者，同时也为了

实现自己创业的梦想，张炬主动向医院提出，由自己负责科室经营，并独立核算、自负盈亏。

张炬开始了第一次创业。在创业初期，他满腔热情地谋划着科室的经营。然而，理想是丰满的，现实却很残酷。张炬虽是一名好医生，却是第一次接触到具体事务。人员的管理、财务的分配、业务的拓展……让这个没有具体管理经验的小伙子很快就败下阵来。独立经营的医院科室勉强坚持了一年，2002年就失败了。张炬无奈地退还了科室的经营权。

尽管第一次创业失败，但凭借他的良好医术，找个医生工作是没什么问题的。张炬的妻子是山东人，她的愿望就是两人在济南都有个稳定的工作，踏踏实实过日子。但走上创业之路的张炬，显然不可能走回头路。中国医学水平最高的地方，就是首都北京，张炬一直向往着到北京去发展，难以抑制那颗向上的心。2002年底，张炬说服了妻子，离开了济南，来到了北京中研国医馆与北京东城中医院学习和工作。

2005年，张炬再次开启了创业生涯，与几个朋友一起独立经营医院项目。经历了第一次的失败，再加上在北京两年的潜心学习和思考，这次创业，张炬是有备而为，从聘请1个专家坐诊开始，2个、3个……北京知名中医专家越聚越多，很多患者慕名到张炬经营的科室去看病。上天总是要给成功者带来磨难，以磨砺他的心志。那时候，公立医院占据卫生医疗的绝对优势，国家对于民营医院这个新鲜事物，在政策上还不是很明确。2006年，国家在政策上做了调整，对民营医疗市场进行了整治限制。张炬经营的科室首当其冲，因为依照新的政策规定，必须从中退出。第二次创业，张炬又遭受了严重打击。他的妻子劝他回到济南，找个稳定工作算了，但是他心中的信念一直在鼓励着他，要坚持下去，等待机会。

2008年以后，国家支持和引导社会资金发展医疗卫生服务事业，明确提出支持民营医院发展，而且在人才培养、科研成果鉴定、医疗保险定点和职称晋升等方面与公立医院一视同仁。张炬一直潜心等待的时机来了，创立了北京联科中医肾病医院等多家医疗机构，积累了大量医疗资源，特别是优秀医生核心资源，在京城的民营医疗界具有一定的影响力。

随着机构规模越来越大，医院的综合实力也不断提升，比如北京联科中医肾病医院是北京卫生主管部门批准设置的三级医院，在肾病治疗和研究领域有着非常强的实力，被确定为北京中西医结合肾病疑难病会诊中心，被纳入北京中医药大学等多所大学的研究生实习基地。

近年来，国家大力支持生物医药发展，科技创新成为重中之重，张炬运用国际高端医疗资源，与知名科学家、顶尖医疗机构和生物医疗实验室合作，建立了伯仕利生物，在生物细胞治疗领域不断取得新突破，拥有具有自主知识产权的超级免疫技术与肿瘤靶向治疗技术。

业有所成　爱心圆梦

在北京事业不断发展壮大的同时，张炬不忘儿时的梦想和家乡亲友。他不仅把弟弟妹妹都带到了北京，还支持和帮助将乐的亲朋好友在京发展与创业。

张炬多次对社会和家乡开展捐助。如他数次对家乡教育事业进行了捐助，资助贫困学生就学；向成龙基金会捐赠 30 万元，帮助救助肿瘤患者；向清华大学教育基金会巅峰对话项目捐献 36 万元……

2020 年，面对新冠肺炎疫情的严峻形势，张炬个人向家乡捐赠 25 万元，并动员医院员工行动起来，全力为抗击疫情贡献自己的力量。如北京联科中医肾病医院积极响应党和政府的号召，全力投入抗击疫情的战"疫"之中。因为医院是石景山地区抗疫的定点医院，按照有关部门要求，他将

医学诺奖峰会

疗机构学习，使国内外顶级医疗专家交流对接成为常态。

在诺奖医学峰会的影响和推动下，张炬先后在北京、天津、上海、南京、成都、杭州等地，帮助政府、产业园区、医疗机构等聘请诺奖获得者为顾问，为当地提高医疗技术水平提供支持。大会组委会在浙江理工大学建立了中美院士工作站，成立了杭州诺奖国际创新中心、无锡诺奖实验室，与美国麻省理工学院校友会联合浙江成立了人工智能与脑科学研究院，为提升科技创新能力提供了平台支撑。

部分住院部改造为特别病区，专门收住新冠肺炎患者，为北京抗击疫情做出了贡献，受到主管部门的表彰。

在和众多国际医疗机构合作过程中，张炬的视野也不断扩大，看到了中国的卫生医疗水平和发达国家相比，还有不小的差距。从2013年开始，他投入巨资，广泛联系志同道合者，一起组织举办诺奖医学峰会，截至目前已连续举办了6届。每次峰会的举办都有10多位诺奖获得者和国内外著名院士参加，同时也有中国顶尖生物医学专家、生物医药集团和各类投资基金参与，为中国生物医疗事业的发展起到了积极推动作用。诺奖峰会成功帮助输送中国医疗专家前往美国哈佛大学、诺奖得主实验室等国际顶尖医

诺奖医学峰会还得到了国家有关领导人及卫健委、中医药管理局等相关部门的肯定。虽然峰会未给张炬带来利润收益，还要花费大量财力、物力去组织筹办，然而在张炬心里，只要有利于国家民族生物医疗事业发展的，在自己有能力的情况下都会坚持做下去。因为，这是他在医学领域遨游，逐步形成的"中国梦"。

丁嘉信

商道即人道，
财富如水、人为根本，
自古皆为商海准则。

财上平如水　人中直似衡

——记广东省福建泰宁商会创会会长、广东省东莞市美浩实业有限公司董事长丁嘉信

19 世纪初，韩国人林尚沃早年的志向只是做一名出色的翻译官，然而几经坎坷，苦苦思量后，被迫走上了商路，终成一代商业奇才。商道即人道，财上平如水、人中直似衡。林尚沃将其视为座右铭。

2000 年，林尚沃的传奇故事被改编成电视剧《商道》，其中渗透着很多的人生哲理，引人深思，也蕴含着《道德经》《孙子兵法》《史记》等中华文化的精髓，感动了无数在商海创业的有志青年。

这时候的丁嘉信正值学校毕业，远赴广东创业，被林尚沃的传奇创业故事深深地吸引了，后来将他的座右铭写成书法作品，高挂在办公室里，并以此作为闯荡商海的处事态度和经商准则。

立志图强　敢拼会赢

2000 年，丁嘉信从学校毕业后，进入广东在泉州的一家传媒公司，工作了一段时间。考公务员落榜后，他又被骗到广东做传销。

那时候，丁嘉信有个朋友在惠州做包装材料贸易，他就帮助朋友跑业务，包吃包住，每月工资 500 元。他为人诚恳、讲究信誉，与客户建立了很好的关系，每个月能跑几十万元的业务。每月 500 元，在惠州不足以生活，而 10 多万元的业务提成又不能兑现，在不到一年的时间里，反欠了1000 多元，丁嘉信被逼到了绝路。

在跑业务时，丁嘉信始终坚持，客户的需求就是他努力的方向。客户一个电话，货很快就能送到。因为有的工厂是三班倒的，半夜里，骑着摩托车送货是家常便饭的事。所以，很多客户看到这个年轻的小伙子这么实在，就放心地把业务交给他。有了这些人脉积累，2001 年，他决心自己创业时，心里多了几分胜算。

箱包等产品

之前联系的工厂给了丁嘉信很大支持，把货先赊给他，他把货卖了，回款了，再支付原先的货款。他很守信用，只要一回款，就支付货款，这样他在圈内就有了好口碑，与他合作的工厂有10多家。截至2002年，他的营业额突破了一千万元。

2003年，丁嘉信创办惠东县嘉利隆贸易有限公司，主营手袋、服装、鞋业、电子产品等批发业务。2004年，他又将重点转向了当时的世界工厂——东莞。丁嘉信与他的团队奔忙在各大厂商之间，把业务从辅料扩展到面料，如棉布、箱包、PVC革等，合作的客户有许多是美国和香港的大企业，特别是世界500强的香港利丰集团成为他的重要合作伙伴之一，每年的交易量有四五千万元。

创办实体　稳步发展

2008年爆发的世界金融危机，是自20世纪30年代以来世界最严重的一场金融风暴，波及面广、影响度深，给全球经济带来了重大损失，引发了许多实体企业倒闭，东莞的企业也不同程度地遇到了类似问题。

由于原合作的企业倒闭了，许多客户建议丁嘉信创办工厂，自己做生产。从事贸易行业多年，他深刻地感受到，实体经济是立国之本，制造业是国民经济的脊梁。在危机中育新机，于变局中开新局。丁嘉信决定投身于实体制造业，于2009年创办东莞市美浩实业有限公司，专业生产箱包、背包、挎包、手提包、旅行袋、束绳袋、钱包等，产品出口到美国、日本、韩国、泰国、加拿大等国家。

先进的生产工艺和严格的管理体系是提高产品质量的可靠保证，美浩实业全部采用符合甚至高于国际标准的生产设备、生产工艺和质量管理体系；严格的外部标准和内部标准相结合，使产品质量稳定，符合全球最高标准。美浩实业对产品品质零缺陷零隐患的严苛追求，得到合作客户的认可，短短三年内就相继拿到 Kipling、Tommy Hilfiger、Adidas、Vans、Puma 等国际大型集团的订单，企业也从创立之初的几十人扩展到 800 多人。2011 年，美浩实业的产值突破亿元，

初步实现了预期目标。

2015 年 5 月，国务院印发《中国制造 2025》，核心之一就是从制造业大国向制造业强国转变。丁嘉信和美浩实业积极响应国家号召，实施自动化改造，引入 ERP、PGM 等智能化系统，虽然投入数千万元，但节省了一半以上的人力，还提升了产品的精确性。如自动化电脑开料系统将原先需要的 30 人减到七八人，生产效率也得到了提高。

从贸易到生产，丁嘉信做的还是订单加工，但有了实体后，他就思索打造自己的品牌。经过完善的市场调研及充分的前期准备，2012 年，他创办自主服饰品牌涵莎（HATHOR）。

在品牌创立之初，他就推行跨界营销，推动品牌与众多知名艺术家联名创作，联手北京今日美术馆设立专柜，在天猫商城开设旗舰店。2016年，涵莎（HATHOR）与北京卫视《熊猫奇缘》节目组合作，携手"熊猫爱心大使"黄晓明，向观众展现从未被外人知晓的熊猫故事，有力提高了涵莎品牌的知名度。

顺势而为　走出国门

随着国际形势的变化，许多中国企业纷纷走出国门，去东南亚国家投资设厂，以避免美欧的高关税，有的客户也建议丁嘉信这么做。由于国内人工成本的不断攀升，丁嘉信早在2013年就有了走出国门的想法，并多次前往越南、柬埔寨、马来西亚等国实地考察。

经过几番考察对比，丁嘉信把投资点设在了拥有丰富劳动力资源的柬埔寨，2016年，涵莎国际（柬埔寨）有限公司成立。2017年，总投资1亿多元的涵莎国际投产。2018年，企业建有生产线36条，拥有员工2300多人，年产值4亿多元。

如何激发员工的动力？如何培养专业人才队伍？员工的薪资结构如何设立？合理的绩效考核如何实施？丁嘉信和管理团队策划建立了一套可行的操作体系：通过岗位梳理和人才盘点，设置职位和职级；明确岗位责任和任职资格，畅通职业发展通道；以职位职级规范薪资标准，对职级不断完善；将部门人才培养、个人学习能力和技能提升纳入考核指标。这些管理制度精准有效地稳定了员工队伍，为正常生产提供了保证。丁嘉信说，在柬埔寨，员工罢工是常见现象，但涵莎国际从2017年至今，队伍一直都很稳定，员工薪资翻了3倍。

涵莎国际为柬埔寨解决了数千人就业，受到当地人的尊重。丁嘉信在柬埔寨国际机场旁买地建楼，繁荣了机场商业圈；向当地政府捐赠5万美金，用于资助老人、贫困户和贫困学生等，树立了中国人良好形象。

乡情浓浓　回报桑梓

2013年，在柬埔寨考察期间，丁嘉信接到家乡领导电话，希望他能发挥人脉资源，把在广东的泰宁老乡组织起来，建立一个资源共享、信息互通的平台。尽管早年远走他乡创业，但丁嘉信时刻不忘浓浓乡情，他很爽快地接受了这个光荣任务，回国后就积极联系在粤泰宁籍企业家，当年底就成立了广东省福建泰宁商会，并被

广东省泰宁商会捐资助学仪式

推任为会长，2018 年商会换届时又以高票连任会长。

自担任会长以来，丁嘉信十分注重商会建设，多次组织会员去柬埔寨考察，为他们海外布局提供经验指导；不定期组织会员及乡贤开展专场交流活动，如 2019 年举办 Family Day 龙玺亲子交流活动和"涵涵"杯篮球友谊赛，增进会员之间的感情和友谊。

取之社会，用之社会。近年来，丁嘉信积极参与光彩公益事业，回报桑梓、造福社会，累计捐款 100 多万元。2017 年的重阳节，丁嘉信带领商会班子成员从广东赶回泰宁，深入下渠乡王坑村走访慰问 70 岁以上的老人和贫困户、五保户；到县敬老院看望慰问老人。这次慰问活动，商会共向

51 位老人发放 31800 元慰问金及毛毯等慰问品。慰问中，丁嘉信亲切地拉着老人的手，了解他们的生活和家庭情况，表示商会今后将继续关心老人健康，并积极开展公益捐赠活动。

政以兴教为先，民以助教为荣。丁嘉信满怀着对家乡教育的关心、对母校发展的关切、对莘莘学子的关爱，向下渠乡小学捐赠 2.48 万元、朱口镇龙湖学校捐赠 4 万元，用于购置急需教学设备，改善农村学校办学条件。

新冠肺炎疫情发生后，丁嘉信积极响应县委统战部和工商联的号召，主动做好疫情防控和复工复产工作，不仅个人带头向家乡捐款 1 万元，还发动商会会员主动捐款 3.21 万元，为疫情防控贡献了力量。

邱根声

构建和谐物流是时代使命，
物流企业要主动承担社会责任，
减少社会资源的消耗。

踏实立根基　诚信闯天下

——记宁化县工商联副主席、广东省福建宁化商会会长、深圳市环国运物流股份有限公司董事长邱根声

20世纪90年代，从宁化到深圳，邱根声的目标就是找份工作，能够养活自己。但是，当中国改革最前沿的城市所孕育的商机悄悄来到身边时，他那颗曾经驿动的心被激活了。

物流，这是个传统的行业，邱根声却能做出与众不同，到新三板挂牌上市。不错，这固然有一门心思的坚守，也同样有高瞻远瞩的志向，而这从企业名称可以得到佐证，所谓环国运，其意就是让货物在全国流通。

闯荡深圳三十多年，深耕物流二十余载，邱根声为人谦逊、心思缜密、诚实守信、勇于担当，善于换位思考、专注解决问题……这也印证了他的胸怀——做一名受人尊敬的一站式综合物流服务提供商。

初闯深圳

"刚到深圳时，风餐露宿了好几天。后来投靠上老乡，老乡上夜班，我就睡在他工地的铺位，他下班回来睡觉，我就出去找工作。"谈起当年初闯深圳，邱根声陷入了悠远回忆。

1991年春，经几趟班车辗转，邱根声从家乡宁化县水茜乡来到了改革开放的前沿城市深圳。只有初中学历的他，流连在各大工业区的工厂招工栏，期盼能找份没有专业技术要求的工作，比如普工、保安之类的岗位。

两个多月的奔波，仍没有找到工作，盘缠又快花光了，邱根声有些着急，心想实在找不到合适的，苦累的体力也得干了。一天早上，他照常打算出门找工作时，老乡兴冲冲跑来告诉他，有企业叫他去面试。

这是一份安全员的工作，俗称保安。邱根声仪表堂堂、五官清秀、身材高大、矫健利落，面试下来，自我感觉不错。几天后，他接到了录用通知，成功应聘到明华（蛇口）海员服务公司，担任安全员。

包吃包住，每个月400多元的工资，按时发放，邱根声很珍惜这份工作，认真地参加各项培训学习，半军事化的岗前训练，一点不在话下。不论是站岗巡逻，还是监控执勤，他都尽职尽责地当好班。

到明华旗下的国际会议中心开会、培训与驻留的人员中，包括各级领导、各类嘉宾及外国船员等，所以管理要求非常严格。让邱根声印象深刻的是，1997年香港回归时期，所接待的客户都是高层级别的领导与各界重要人士，半年时间里，大家都处于一级戒备状态，安保队与内保、国安、武警、属地派出所警员等同班同岗同责。

"每天要打交道的人都是不一样

的，要处理的问题和隐患也往往是不断变化的，所以我们要有对事件的发展态势有一定的洞察力，还要有对发生问题的解决能力；此外，还要了解深圳海洋性天气，做好对台风天气的预警预防，等等。"邱根声说，这是安全员的基本要求。他在明华干了八年，职务从普通安全员升到了安全管理部主任。

在这八年里，明华半军事化管理以及在平台所接触的各类人与事及信息，不仅使邱根声临场解决问题的能力得到提高，而且大大拓宽了眼界和提升了格局。

转战物流

历史选择了深圳，深圳创造了奇

迹。邱根声心想，自己来到了深圳，又能在这有什么作为呢？特别是看着几年前同样领着固定工资的伙伴开公司做生意，赚得盆满钵满，他的心思开始活泛起来了，决定要做一名时代的奋进者、搏击者。

1998年的一天，在汽车站托运一箱特产回老家时，汽车站的零担托运服务很不到位，心思细腻的邱根声却看到了一个巨大的商机，自己要创业，物流这个行业不是正摆在眼前吗？他坚信，自己在这个环节可以干点什么。20世纪90年代，城际间的零担货物运输还是以客车为主要方式，但随着经济的活跃，货运中的前后服务与客户的需求还相对滞后。

"每个汽车站都有一个行李零担部。我最早就承包了离自己最近的、深圳运发实业下属蛇口汽车站物流部的行李零担业务。利用业余时间去发传单、收快递。收发量还挺大的，收益也不错。稳定下来后，我就把明华的工作辞掉了，全身心地干起物流业务。"邱根声说。

从大企业的部门管理者到四处跑单、搬货运货，这其中从安逸到辛苦的落差，邱根声看得很淡。"一切重新开始，自己决定下海创业的那一刻，就已经做好了吃苦受累的准备；也因

为我坚信这个方向可以有所作为，心中一直想着怎么做大做强。"

除了脚踏实地、吃苦耐劳，邱根声凭着过硬的业务能力和主动周到的服务，承接了越来越多的单子。之后，他又陆续承包了运发实业下属的银湖、龙岗、坪山、大鹏汽车站的物流部业务。人手不够？正好带上亲戚老乡一起干，邱根声最早的物流班底就这样组建起来了。

诚信担当

2004年，深圳运发实业实行改制，与邱根声的合作不再继续。而此时，经过六年的打拼沉淀，邱根声已经积累下一定的客户资源。既然合作不再，那就单干吧。于是，邱根声创办了深圳市环国运物流有限公司。

秉承"为客户着想、送好每一批货"的朴实理念，邱根声一方面苦练内功，在运营、客服、IT、财务内控等方面规范化管理；另一方面积极开拓物流市场，赢得客户的信任。说到信任，他若有所思地说："说起来挺简单的一个词，我们是用实实在在的诚信、真真切切的担当换取来的。"

让邱根声记忆犹新的一件事是在2007年。当时环国运物流受托运输一大卡车的海尔电脑前往东北，途中却

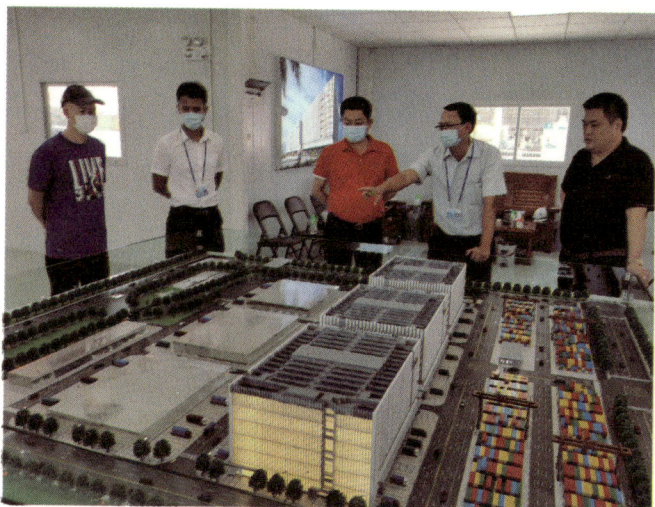

参观广州南沙国际冷链项目

意外失火，电脑全部烧毁，损失严重，而托运商一跑了之，再也联系不上。在找不到直接对接人的情况下，邱根声铿锵表态，全权负责。要知道，担下这个责任对于当时体量还小的环国运物流来说，几乎将威胁到正常运转。"我们后来就加强安全管理和风险管控。还好，撑过那段艰难时期，我们就越做越顺了。"

邱根声的诚信与担当，让海尔更加认准了与环国运物流合作。2017年双十一期间，海尔日发货量超过1000多立方米，每天都要十几辆车。环国运物流的驻场员工放弃休息、通宵达旦、加班加点，配合海尔完成出货、装车、运输任务，被海尔授予年度最佳执行力奖。2020年，企业又荣获海尔日日顺年度最具管理水平奖。

康佳集团与环国运物流的深入合作，则是源于2008年的一次紧急任务。当时，康佳的一个超大LED屏幕必须紧急运往北京，用于一个重要新闻发布会。由于时间紧迫、运输难度大，许多物流企业都不敢承接。环国运物流接单后，马上进行运输设计，包装、起运，连夜发往北京。尽管运输卡车在半路抛锚了，但故障很快被排除，有惊无险，显示屏抢在会前半小时送达。

拥有海尔、康佳这些重量级客户，环国运物流在终端客户和业界赢得极佳口碑，也吸引来了中兴通讯、日海智能、科信技术、创维、麦克维尔空调、加多宝、中国能建、中国海油、特百惠等大客户。别的物流企业拿不下啃不了的硬骨头，很多被送到了环国运物流的门前。

挂牌上市

现代物流泛指原材料、产成品从起点至终点及相关信息有效流动的全过程。它将运输、仓储、装卸、加工、整理、配送、信息等方面有机结合，形成完整的供应链，为用户提供多功能、一体化的综合性服务。当前，被普遍认为在降低物质消耗、提高劳动生产率以外的"第三利润源"的现代物流业正在广泛兴起。

站在客户的角度，思考客户的需求。邱根声时刻以客户的身份体验自己的服务，由此设计了一整套适合中国市场环境的优质物流服务体系，并在运营管理中加以实施完善。2015年，深圳环国运物流园开园。2016年，筹划新三板挂牌计划；当年10月20日，更名为深圳市环国运物流股份有限公司。2017年，环国运物流在新三板挂牌上市，同时收购信阳盛源达现代物流，通过资源整合，推动企业长远持续发展。

2016年，环国运物流成为深圳市物流与供应链协会副会长单位，并于2020年通过中物联的AAA认证。至2022年，环国运物流拥有项目型客户总数达100多家，并在全国拥有6大分拨中心、30多个经营网点。邱根声认为，这是环国运团队十几年来风雨兼程、深耕细作结出的累累硕果。

近年来，邱根声新成立深圳世和环境科技有限公司，着力建立一套对工业固废的收集、转运、暂存与再运输至终端处理的物流体系。他说："构建和谐物流，这不是口号，是时代使命和责任。因为，在流通服务中获得利润的同时，物流企业也要主动承担社会责任，减少社会资源的消耗，这往小了说是在优化我们自己的生存环境、往大了说就是实现企业与社会和谐发展。"

环国运物流车队

苏元解

一颗年轻闯荡的心，不惧风雨烈日，
曾几何时，初心的坚守、信念的追求，
撑起了坚强或脆弱的心。

出彩后生仔

——记广东省福建大田商会会长、阿苏特化学集团中国区执行总裁苏元解

"一条大路分两边，随你要走哪一边。不怕不怕就不怕，我是后生仔。风大雨大太阳大，我就是敢打拼。"这首夹杂着方言的闽南语歌，大田人都会唱上几句，每个人都能唱出不同的情感，或乐观、或奔放、或自信。

一颗年轻闯荡的心，不惧风雨烈日，曾几何时，初心的坚守、信念的追求，撑起了坚强或脆弱的心。有人说，那是梦想和责任；也有人说，那是诗歌与远方。

白手起家，艰苦打拼，无论是打工，还是创业，都是用智慧和汗水诠释着人生价值。认识苏元解的人，总是能察觉到，在刚毅与自信的表情下，流露着豪爽和乐观，总给人一种饱满的精气神。

因遇而成

"没读大学，是一个遗憾。"苏元解至今仍因未能顺利读完高中上大学而耿耿于怀。从小学到初中，苏元解的成绩一直很优秀，因当时县里的"砍头政策"，让他错失了读中专的机会，阴差阳错留在县一中读高中。

也许是心理落差，也许是正值叛逆期，一件意外的事情促使他放弃了学业。那一年，年仅18岁的苏元解留下一封信，离开了校园，就和社会上的两个朋友邀约到德化县城去做生意——承包酒店厨房。可到了酒店之后，老板看着他们稚嫩的样子，不放心，一口就回绝了。

"出来了就不想回去，不信没读书，就赚不到饭吃。"苏元解的骨子里有着一股倔强和不服输的精神。于是，他和朋友一路借钱，好不容易到了泉州，由于人生地不熟，只得睡在天桥下，三餐啃着馒头，直到三天后才联系上在泉州打工的哥哥。

在泉州，苏元解开始了漫漫的打工长路。"自己选择的路哪怕跪着也

要坚持走下去。"为了生活，他做过工地粉刷工、高温汽配压铸操作工、帮人割稻谷。风餐露宿、居无定所，是苏元解那个时候的生活常态。

一个多月后，苏元解应聘到了一家拉链厂上班，每天的工作，就是在仓库里包装产品，然后跟着厂里的货车外出或者自己骑三轮车，将一件件货物送到客户那里。为了多赚点钱，他还买了一辆二手摩托车，利用下班后的空余时间，到街头去载客，每天风里来雨里去的。

"虽然又苦又累，但总算有了一份稳定的工作和收入，载客还能赚点零花钱，心里踏实多了。"苏元解勤奋、务实、上进，加上有责任心、办事效率高，得到厂领导的赏识，从最初的仓库勤杂工被提拔到仓管、车间主任、生产部经理等职位。

"人不能在一个地方待太久，要不断挖掘自己的潜能，在不同的岗位锻炼和提升自己。"2000年，泉州知名企业维龙轻工新建一个生产车间，招聘主管，喜欢挑战的苏元解凭着多年的生产管理经验成功应聘。

入职后，能吃苦、人勤劳、负责任的苏元解很快得到企业领导的关注，被委以重任。他先是被委派到上海奉贤区的工厂负责生产运营，后又调到广东维德拉链担任总经理，主持日常工作。2005年，维龙轻工和世界第二品牌理想拉链厂合作建厂，苏元

办公区域

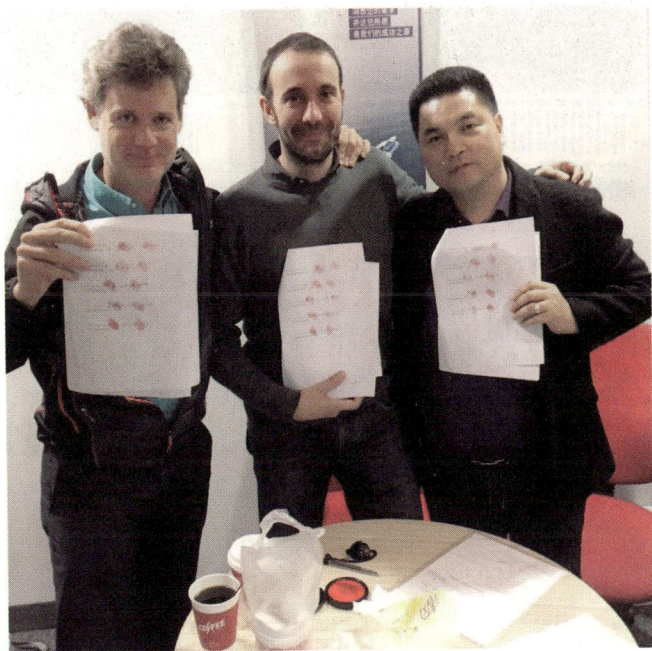

和西班牙阿苏特化学集团签订重组合作协议

业的想法向维龙轻工领导汇报，并得到支持和鼓励。离职后，他进军纺织化工品行业，与西班牙阿苏特化学集团洽谈并签订了速特丽染料系统的中国总代理。

2012年，苏元解建立了东莞市凯登实业有限公司，研发生产纺织助剂，以此弥补只销售染料的单一性、局限性，成为行业内极少数集染料和助剂一体化协同发展的专业商家。

解又被调到这个厂担任厂长。

这样的机遇不是人人都可以得到的，苏元解倍加珍惜，每天勤奋努力工作。因为熟门熟道，每次转岗，他都能很快适应新变化，并学到许多新的知识，还积累了丰厚的人脉资源，为今后的自主创业奠定了基础。

由彩出色

俗话说得好："不打无准备之仗，方能立于不败之地。"苏元解就是这样一个敢想敢干、眼光长远、深谋远虑的人。

2009年初，苏元解将自己辞职创

"市场潜力大，前景广阔。"这是苏元解调研后的最直观感受，但光有市场远远不够，采取什么样的销售模式？走什么样的发展道路？这关系到企业的后续发展和格局定位。

创业初期的道路是非常艰辛的，跨行业的苏元解付出了常人无法想象的努力，常常为了攻克一应用技术，每天只休息两三个小时。而企业战略构想、技术探索、市场开拓、团队建设……每一个细节，每一项工作，他都要亲力亲为。

"生产技术是魂，市场需求是本。"苏元解非常清楚，只有创新产品、完

善服务，从客户需求出发，为客户提供全面解决问题方案，才能跟上纺织化工行业的快速发展变化。

三年后，苏元解与西班牙阿苏特化学集团进行资源重组，共同成立了东莞市和苏州市阿苏特纺织化工有限公司。两家企业拥有10多套染色系统及200多个助剂品种，在山东青岛和柬埔寨等地设立了销售办事处，开辟了越南、缅甸、菲律宾、孟加拉国、马来西亚等东南亚市场。

2019年，苏元解又在广东购置了50亩化工用地，现已在规划建设中，力争建设一家集研产销于一体的中国纺织化工龙头企业。至此，苏元解创业的美丽画卷徐徐展开。

与爱同行

饮水思源，乌鸦反哺。苏元解心里有份浓厚的故乡情缘，总是用自己的实际行动回报家乡、帮助他人，而商会就是他架在大田和广东的一座连心桥。2018年6月，苏元解以全票当选为广东省福建大田商会会长。

"很多人不可能像我这样幸运，碰到一个好的引路人。"经历的坎坷、创业的曲折、人生的际遇，让苏元解更加明确了商会的目标：给大田老乡更多的帮助，支持年轻人创业，为家乡发展贡献力量。

2020年前后，新冠肺炎疫情牵动每个人的心。苏元解虽远在广东，却时刻牵挂着家乡，想做点力所能及的事情。他向在粤田商及乡贤发出捐款倡议，为大田捐赠物资及现金合计145811元。为抢购口罩等防疫物资，苏元解还通宵达旦驾车前往广州，购得口罩17000个、体温枪29支，捐赠给大田县。

2017年6月，一名吴姓老乡在深圳经营小吃店，因店内起火，为救两名顾客而葬身火海，却被媒体误报成为抢救店里财物。苏元解得知后，深为他的品格感动，带领商会班子成员专程看望慰问其家属，送上慰问金；帮忙找律师免费提供法律援助，最终深圳新闻媒体刊发了事情真相，为其正了名。2019年元宵节，苏元解组织深圳大学总医院11名不同专业的医学

学学业，圆了他们的大学梦。

"如今的大田，商机无处不在，正处在发展的好时机。有了商会的平台，我们应该利用好资源，努力带动更多异地大田商人回乡投资兴业。"在苏元解看来，县委、县政府各项惠企政策的出台，兴泉铁路、莆炎高速、国道纵五线的建设和放管服改革的深化，既让田商看到了大田的发展潜力，也让大田更具投资吸引力。

田商聚力，筑梦前行。广东是改

阿苏特生产车间

博士到大田义诊，为家乡父老带去了健康礼包。2019年，在了解到老家一名小学生因家庭贫困，面临辍学，苏元解找到学校及家长，表示愿意资助他到初中毕业；同时组织商会开展"爱心传递、真情助学"活动，资助县里11名应届贫困高考生，直至完成大

革开放的排头兵、先行地、实验区，是创业者的天堂。苏元解认为，商会是在粤田商的温馨"娘家"，应该发挥好自身作用，既要增进乡谊、团结合作，又要牵线搭桥，推介大田资源和项目，使商会成为推动大田和广东共赢发展的桥梁纽带。

黄堂林

企业要有生命力，可持续发展，
科技创新是关键，
唯有创新是不竭的动力。

秉持初心　创新创业

——记建宁县工商联副主席、福建同越管件有限公司董事长黄堂林

他在外打工多年，却毅然带着一根铜管返乡创业，从"门外汉"到"专业人"，他始终秉持创业初心；

他敢想敢干、敢拼敢闯，凭借一股干劲、闯劲、韧劲，一步一个脚印地演绎着铜管行业里的精彩创新；

他，就是三明市工商联执委、建宁县工商联副主席、福建同越管件有限公司董事长黄堂林。

从一个打工仔成长为优秀企业家，黄堂林的成长之路是明商群体勤劳踏实、创新创业的一个缩影。

带着一根铜管返乡创业

很多东西看上去不起眼，却反映出一个经济体制造业的真实功力，如空调冰箱中常用的铜管，就是窥测实力的一个窗口。

走进位于建宁县经济开发区的福建同越管件有限公司生产车间，只见工人们正忙着赶制订单，在机器轰鸣声中，一块块铜板仿佛被施了魔法一般，经过熔铸、轧制、联拉、退火等复杂工序，变成了一根根不同规格的精密铜管。

从浙江返乡创业八年多来，黄堂林注重创新，组建了自己的研发团队，目前产品已通过了欧盟 CE 安全体系和阿里巴巴工厂实地认证，符合欧盟 ROHS 指令要求，拥有和正在申请的国家专利达 30 多项。企业不仅与国内知名电器公司合作，产品还销售到日本、俄罗斯、南非，乃至欧美、东南亚的国家和地区。

黄堂林是建宁县黄埠人，职中毕业后在泉州打工，之后又到福州一家建材公司做了四年铜水管道销售，从此便与铜管结下了不解之缘。2009年，敢闯敢拼的黄堂林凭借在业务中积累的经验，在浙江注册了诸暨市鑫海制冷配件有限公司，专业从事铜配件的生产和销售。

精密铜管被称为空调等制冷设备的"血管"，黄堂林主营铜水管道及配件、医院供氧系统配件、船舶铜配件、商用及家用中央空调分歧管、空调制冷配件、汽车空调配件。为了打开产品市场，黄堂林走南闯北，经常参加专业国际贸易展销会。"2010年起，我就已经开始做海外市场了。"黄堂林介绍。

黄堂林用十年时间，把公司打造成了浙江省制冷配件领域的高新技术企业，在行业内有了一定的知名度。既然在浙江发展得这么好，为何还要回到建宁呢？"建宁是我的故乡，有特殊的情感，而且家乡的政策和营商环境都很好，为企业发展提供了很多便利，正好我也想再扩大经营规模。"黄堂林说。

2014年6月，黄堂林响应建宁县委、县政府号召，毅然决定把客户和技术都带回家乡，在建宁注册成立福建同越管件有限公司，并开始建设厂房。

黄堂林说，这些年来，企业稳步健康发展，在做好出口的同时，渐渐转向了内销。根据市场需求做产品，市场需要哪种配件，企业就将这种配件做好、做精，再辐射带动其他各式各样的配件。

带着一份激情自主创新

"企业要有生命力，能可持续发展，科技创新是关键。""一个企业要持续发展，唯有创新是不竭的动力。"创新，一直是黄堂林坚持的企业发展理念。

黄堂林认为，企业需要拥有自主

同越管件厂区

同越管件铜管产品

且又费时。而焊接工难招、工资高、质量不稳定等各种因素都严重阻碍了业务发展，企业急需一种焊接质量稳定的全新机器焊接方式来替换手工焊接。

知识产权的核心技术，这是"命门"所在。企业核心技术上不断实现突破，掌握更多的具有自主知识产权的关键技术和细分领域的主动权，这样的企业才会充满生机与活力。

说起专利技术的事，黄堂林感慨万分，正是由于企业自主研发了新技术，才大大节省了人工成本，还极大地提升了效率效益。所以，他常说："企业要生存和发展，必须得有自己拿得出手的东西。"

黄堂林举了个例子。分歧管自动焊机，也就是一种 Y 形铜管焊接成型装置，中央空调分歧管生产过程中最后一道需要把三件拼装焊接成型，传统的焊接过程是由两个人配合操作，对焊接工的焊接技术要求非常的高，

"办法总比困难多。"黄堂林说，为了解决燃眉之急，企业将研究全新的焊接机器摆上工作日程，通过网上查询各种资料，咨询各相关配件厂家，反复的制图制作等方法，企业研发团队成功制作出自动焊机。这种新型焊机投入生产后，效益明显提高，再也没有出现工程安装后的质量问题，也因此带来了更多的客户。

除了创新，黄堂林还十分注重品牌和市场保护意识，每个省只发展一家总代理。"这样做能更好地巩固产品品牌的市场地位，保证产品的市场占有率，与客户实现互惠双赢。"

"品牌是企业的无形资产，代表了企业的文化、形象以及软实力。"黄堂林说，很多客户从企业指定的代理商

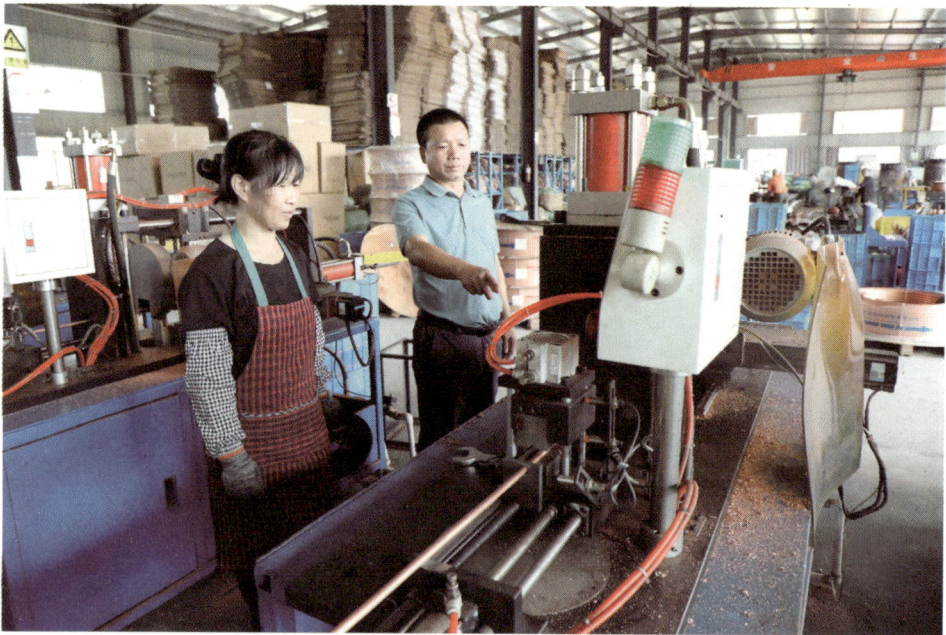

指导工人焊接

进货，这样不仅有效地保护了品牌，而且维护了客户们的利益。

带着一股热情融入家乡

建宁县的优质营商环境和县委、县政府的"政策大红包"，不仅坚定了黄堂林融入家乡发展的决心，而且为企业发展增添了动力。

"在县工商联、税务等部门的帮助下，我们享受到了优惠的出口退免税，企业发展的信心更足了。"黄堂林高兴地说，目前，企业正处于上升发展的关键阶段，已和格力、美的等知名电器品牌达成了稳定的合作关系。

黄堂林介绍，今年以来，县工商联经常深入企业，宣传各类各级惠企政策，收集企业发展遇到的困难问题，帮助解决企业发展的后顾之忧，企业实实在在地享受到了党和政府的改革红利、关心关怀。

企业要发展，需要地方的支持，而地方的发展同样需要企业助力。目前，同越管件共有员工70多名，其中50多名来自建宁本地。

"在家门口就能找到工作，待遇还不错，还能照顾到家庭，我很满意。"企业一名老员工说。以前，他在浙江绍兴务工，常年不能回家。四年前，得知同越管件在招人，他没有多想就回乡应聘，找到了适合自己的岗位，每个月工资可达 7000 元。除了用工，同越管件在物流、用电、税收和配套厂房的建设等方面，都与当地产生了良好的"化学反应"。

如今，同越管件已发展成一家集料、工、贸于一体的创新型企业，产品畅销国内外，年产值达 7600 万元。"只要走好自主创新之路，在技术上拥有'绝活儿'，面对复杂形势，冷静分析、未雨绸缪，我们就能实现逆势飘红。"黄堂林坚定地说。

"随着家乡交通环境的改善，区位优势更加凸显，营商环境也越来越好，作为一个土生土长的建宁人，我也想为家乡的建设尽一些绵薄之力。"黄堂林表示。

眼下，企业二期厂房和办公楼正在如火如荼地建设，黄堂林对企业未来的发展远景信心十足。

"企业要有长远发展，外销还得捡起来，要做到'内外兼修'。"黄堂林说，这几年，由于受疫情影响，企业把重点放在国内，但国外的市场也始终没有放弃，所以他建设厂房添置设备、研发产品专利技术、培训提升员工素质、与国外客户保持联络……只要时机成熟，定然大有可为。

组织员工培训

149

范跃亮

对技艺不断升级的匠心精神，
对光彩公益的持续捐赠以及坚守行业的初心情怀，
为企业高质量发展提供了源源不竭的活力。

青杉活力

——记沙县区工商联副主席、三明市青杉活性炭有限公司总经理范跃亮

活性炭是由木质、煤质和石油焦等含碳原料经热解、活化加工制备而成，其中木质活性炭具有比表面积大、活性高、微孔发达、脱色力强、孔隙结构大等特点，广泛应用于有机物溶剂的脱色、精制、提纯、除臭、除杂等。

福建是中国木质活性炭产业基地，青杉活性炭是福建木质活性炭的骨干生产企业，年生产能力 9000 多吨，如今正朝着 10000 吨目标迈进。

炭给人的印象是黑，还有污染也少不了，但走进青杉活性炭厂区，人们感到的是安静、清洁、人少。"80后"、二代企业家范跃亮解释说，技术设备持续升级，实现了自动化、封闭式生产，只要控制好电脑就可以了。

缘定青杉 接力前行

范跃亮的父亲范一平是改革开放后第一批融入创业大军的企业家。1987 年，范一平与同村伙伴一起承包青州机砖厂，艰苦奋斗了八年时间。1995 年，他与合伙人创建了沙县青杉化工碳素有限公司，一步一个脚印，搞生产、跑销售、拓市场，又度过了8 个春秋。

2003 年，带着为父老乡亲办实事的情怀，范一平回到了柱源村，经选举担任村委会主任。那时，三明市林产工业公司下属沙县活性炭厂已经停产废弃多年，他以租赁经营的方式对现有设备进行技术改造，把落后的平板炉生产工艺改为先进的转炉生产工艺，同时新建设两条生产线，活性炭产能从原来的 300 吨提升到了 1400吨，还解决了柱源村及周边村 60 多名农民就业。

从此，范一平就扎根在活性炭行业，带领企业稳步前行。2006 年，三明林业部门对下属企业进行改制，他买下了企业的全部产权，对之后的发展信心更足了。产权明晰后，范一平放开手脚，投入大量资金，对生产设

备和工艺进行再提升，使产能从 1400 吨提升到了 2600 吨。企业也逐步进入科学化管理模式，注册了"益品"商标，通过了 ISO9001 质量管理体系认证，产品销往山东、河北、新疆、台湾等地，受到用户的认可和欢迎，企业有了飞跃性发展。

锅底灰就是最原始的活性炭，建个窑就能烧制，所以行业门槛极低，木质活性炭由此被认为是污染行业。由于各企业产能不断扩大，木质活性炭在工业领域的需求逐渐饱和，以致有的企业因竞争力不强而被淘汰。那些年，全省活性炭企业从生产到销售基本不相往来，大部分处于小打小闹的状态，产品质量参差不齐；企业之间互挖墙脚，抬高原料价格、压低出厂价格等恶性竞争屡见不鲜。

2005 年，范跃亮进入父亲办的企业青杉活性炭厂，先后从事采购、检验和管理等工作。他认为，只有抱团合作，大家才能做得更好。2008 年，经历了艰辛的八个月谈判，范跃亮与他的父亲决定与元力活性炭牵手合作，青杉成为其上游原料供应商，并将现有营销网络全部转给元力。由于分工明确，销路不愁，青杉依托元力的技术优势，更新生产设备和技术，当年的产能就提至 6000 吨。2012 年，元力成功上市，成为亚洲最大的木质活性炭企业，青杉成为福建省排名第三的上游原料生产商。

范跃亮认为，以林业"三剩物"和次小薪材为主要原料的木质活性炭，既是传统产业，更是朝阳产业，特别是活性炭上下游产业链持续打通，产品的用途被不断延伸、附加值越来越高，必然成为新兴的优势产业，而且对提高森林资源综合利用水平、促进林农增收致富和社会经济发

青杉活性炭厂区全景

展意义重大。

持续升级　做精主业

木质活性炭原先大部分应用于食品加工，比如脱色、脱臭、水和气体的深度净化等。随着技术的改进和市场的洗牌，一些具有规模效应、技术先进、产品差异化程度高的企业脱颖而出，木质活性炭还有了新的用途，被应用于针剂、药剂和保健及美容品生产，使用的范围更广泛了。这些新变化让范跃亮看到了产业的远大前景。

2008 年，正值全球金融危机，产品价格下跌，许多企业面临生存危机。由于与元力活性炭牵手后，青杉活性炭有了更强的实力，先后投入了 500 多万元，

生产车间

改造现有设备，购进新的设备，优化生产工艺，既增加了产能，又生产出了高质量产品，渡过了难关。

活性炭生产企业没有现成的成套设备可引进，企业都是根据自己实际情况持续升级。范跃亮说，青杉活性炭也是如此，所有的技术改进都是自主设计的。现在，从原料到成品，都

是管道输送，是全封闭的，这是十多年不断改进升级的结果。

2008 年，范跃亮从元力引进了高压静电除尘、尾气调质处理等设备，采用了新型活性炭酸回收工艺，不仅大幅消除了生产过程中尾气对环境的不利影响，更重要的是使磷酸活化剂的消耗量达到了国际先进水平——国外每生产 1 吨成品炭，需要耗用磷酸 0.15—0.20 吨；国内同行业中其他企业水平为 0.25—0.35 吨，而青杉活性炭仅需 0.15 吨。在废水处理方面，范跃亮引进了新型洗涤装置等处理器，研发出了生产废水循环利用系统，可无限循环使用生产用水，不产生一滴污水，还消除了生产过程中的酸雾等有害物质。

青杉活性炭引进先进技术的同时，

也组织技术团队刻苦攻关，研发出了套管式螺旋换热器、弱流动性物料料仓装置、防堵塞卸料器、粉状燃料旋喷燃烧装置、夹套式螺旋给料器等生产设备。这些创新技术在实际生产中发挥了巨大作用，特别是在节能、降耗、减污等方面取得了明显成效，如在三明市的同行业里率先通过清洁生产审核验收。因为是全封闭式生产，产品出来时温度达到400℃，这个热能可直接用于转化热水，这样又淘汰了锅炉设备。

木质活性炭生产企业一般采购湿木屑为原料，还要有烘干的工序，随着许多木材加工企业采用进口材料，由于木材已经烘干，所以下脚料木屑也是干的。2015年，根据这一市场变

化，范跃亮组织团队对生产工艺进行改进，在全省率先尝试使用干木屑，取得了成功。目前，青杉活性炭的有些指标在国内处于领先水平，如亚蓝标准，是衡量脱色的重要指标，国标是15—16，青杉可以做到20—22；A法焦糖脱色，国标是100，青杉能够达到140—150。

业务稳定，技术成熟，但范跃亮认为，没有远虑，必有近忧。2019年，他又投入600多万元，完成了一批环保和安全生产技术革新，生产的自动化程度更高了、产品的性能更稳定了、厂区环境更清洁了。2019年，青杉活性炭产能再创新高，达到9275吨，利税300多万元，范跃亮被评为沙县十大杰出青年。

以人为本　奉献担当

员工是企业发展的力量源泉。为员工谋福祉，是范跃亮心底里一份沉甸甸的责任所在。自2009年全面负责企业管理以来，他就秉承父亲的"家"理念，把企业里的每一个员工都视为

"家人"。

范跃亮在企业建了员工食堂、澡堂和娱乐活动室，使员工感觉到"家"的温馨。员工用餐全部免费，午晚餐两荤两素。新冠肺炎疫情暴发以来，实行分餐制，对于值班员工，就安排厨房师傅送餐到岗，让员工安心放心上班。员工生日时，企业就给他们送去生日蛋糕；工作满五年的员工，每年五一期间就分批组织他们去康养或外出旅游等。

对于家庭困难的员工，范跃亮会在中秋节、春节等传统节日期间，进行走访慰问，给他们送去"家"的关爱；在春秋两季学生入学前夕，还发放助学金，确保他们的子女都能上学。2019年，一名残疾员工生了一对双胞胎，致使家庭负担更重了，范跃亮每个月另外补助他们2000元，作为孩子的生活费用，帮助他们解决了实际困难。

范跃亮认为，企业和社会是山水相依的关系，企业要奉献担当，反哺社会，谋求与社会和谐发展。2012年以来，范跃亮积极响应沙县县委、县政府和县委统战部、县工商联的号召，与南阳乡、虬江街道等的4个村挂点帮扶。2016年，三明市启动"百企帮百村"精准扶贫行动，青杉活性炭与南阳乡西坑村结对帮扶，每年送去帮扶资金3万多元，并帮助村里新建村部、水泥路等，逢年过节还慰问老人和困难党员……

2018年，西坑村建设公共活动中心，先后投入20多万元，其中范跃亮捐了5万元。西坑村委负责人说："五年来，范跃亮为我们村做了很多，累计捐了20多万元。我们村的改变，离不开他的支持。"范跃亮说，他的父亲一直以来都在做公益事业，他只是接下去做而已。从2003年至今，企业捐助各类社会公益事业善款达460多万元。近年来，青杉活性炭被授予福建省"千企帮千村"精准扶贫行动先进民营企业、三明市社会扶贫先进单位和"百企帮百村"精准扶贫行动先进民营企业等称号。

对光彩公益事业的持续捐赠，还有坚守行业的初心情怀、对技艺不断升级的匠心精神，为企业高质量发展提供了源源不竭的活力。任何企业存在于社会之中，都是社会的企业，所以企业既有经济责任，也有社会责任。"把企业办好，也是对社会的贡献。"范跃亮说，"我们目前有个计划，就是与元力联手开发下游产品，提升企业的竞争力，成为知名度更高、影响力更强的活性炭生产企业。"

钱 清

做旅游，要敏锐主动，
顺势而为、自然融入，
才能水到渠成。

执着旅游事业　演绎芳华人生

——记泰宁县工商联副主席、泰宁县康辉旅行社总经理钱清

泛舟大金湖，漂游九龙潭，夜宿星空民宿……灵秀泰宁，一幅幅诗意的旅游画卷，令人流连忘返。

浸润在泰宁的美丽山水，钱清没想过要做旅游，但一旦融入融合，她的潜质焕发出了绚丽的光芒。

时光流转，生活唯美。钱清因旅游而精彩，旅游因钱清而多彩。

一番辗转　偶遇服装业

钱清身上有股勤学上进的劲儿。1992年中专毕业后，她被分配到泰宁电力公司的电站上班，主要任务就是照看机组，工作轻松。有一次，班长请假，遇上机组跳闸，大家都蒙了，没人知道该怎么办。第二天，钱清就找到班长，向他请教遇到紧急情况如何应对，平时也花了不少心思模拟解决技术难题。第二年，通过竞聘考试，她成为当时最年轻的班长。

2002年，遇上企业改制，钱清考虑良久，决定走出去闯闯，就买断工龄。在福州、厦门等地创业几年后，在家人的支持下，她只身去了北京，参加一个为期两个月的形象课程学习，她充满灵气、表现优异，毕业时获得班级最高荣誉——全能潜力综合奖，并进入一家囊括100多个世界品牌的服装企业，以36岁的年龄破格录取为形象店长。

命运齿轮的转动总是超乎人们的意料。如果没有哥哥接二连三的电话，直到现在，钱清依然认为，她会一直从事自己喜爱的色彩搭配、形象设计的工作。

从零开始　逆袭成"第一"

钱清的哥哥在泰宁开了家康辉旅行社，因同时经营着其他事业，旅行社缺乏管理人手。他认为，妹妹钱清一向能干，如果能来帮忙，肯定会有更好的发展。经不住哥哥一再请托，2009年，钱清辞职回到泰宁，加入哥哥的旅行社。一开始，在心情上，钱

清仍无法说服自己，尽快投入新角色。但她清楚，路走到这里，已不能退却了，只能一往前行。没有从业经验，她就从最基本的计调干起。

钱清首先在内部进行改革，成立专门落地散拼的散客部和电子商务部，利用网络开展线上和线下营销。她还积极联系外地组团社，在省内福州、厦门、泉州等地设立驻地办事处，做大游客量。2013年，动车开通后，她提出接待散拼团。一开始亏本经营，不过她坚持认为，做事不能只看眼前，就直管了散客部，与外地旅游门店对接，打出"一人成团"口号，对到泰宁的动车游客推出贴心接送服务。在连续亏损四个月后，开始连连盈利，当年接待散客6000多人。

在钱清的带领下，2012年旅行社游客接待量突破2万人，2013年接待游客5万多人。2016年起，赣浙粤沪等地游客大幅攀升。2021年，旅行社接待游客达15万人，其中省外占比达75%。泰宁县康辉旅行社连续7年蝉联三明旅行社游客接待量第一的桂冠，是三明市首批、泰宁县唯一的AAAAA级旅行社。

紧盯市场　随形势而变

"做旅游，一要敏锐，二要主动。"钱清说。她认为，旅游产品重于门票经济。2014年，她将部分业务人才充实到各地分公司，自己将精力更多地放在提高旅游产品的质量上，优化线路，策划主题新颖的旅游产品，如成功举办五届小城过大年大型活动。

2016年，钱清洞察到，旅游市场

泰宁大金湖景区

服务在不断地细化，出现了新的业态，就成立东洲会务，引进北京、上海等地的导师，开展导游、计调、礼仪等培训，主打会务培训。2017 年，她成立小飞象国际旅行社和善学堂研学教育机构，在泰宁县乡村旅游样板景区耕读李家设立劳动实践基地，重点针对在校学生提供研学教育旅行服务，2021 年接待量达 5.8 万人次。

"做旅游服务，要顺势而为、自然融入，才能水到渠成。"这是钱清的理念。疫情暴发以来，旅游市场冷清。但是，就什么都做不了吗？钱清不这么认为。她要求员工用好办公软件，开展网上业务，邀请行业专家做网上培训；考虑到特殊时期旅游报名方法发生变化，就组团直播收客；针对外地客户，提前准备，有计划地预售。有了前期充分铺垫，旅行社于 2020 年 5 月陆续迎来 4 趟旅游专列、游客近 6000 人。

钱清在市场中发现，70% 的老人退休后有旅游的意向，就把开发这个群体作为重点业务之一。所谓旅游养老就是把旅游资源和养老服务结合起来，老人们可以根据季节的变化，选择在不同的地方养老。2021 年以来，泰宁康辉接待多批次以养老为目的的旅游团体，总数达 8 万多人次。

钱清说，旅行社准备以旅游集团模式，走文旅、茶旅融合之路。未来预期呢？"视市场情况而定，我们时刻准备着。"她说。

不负芳华　奉献有担当

巾帼不让须眉，追梦不负芳华。钱清不仅事业上追求卓越，更保持着一颗善良感恩的心。

旅行社在职员工 100 多人，其中女性占 74%。钱清借助企业文化建设，于 2018 年成立了泰宁县首个"两新"组织妇委会，自己担任主任，设立妇女之家、巾帼志愿服务站等，积极参与贫困母亲救助、春蕾女童助学行动，成为 6 名留守女童的"爱心妈妈"，经常为她们送上学习用品，暑期带着她们一起体验研学旅行乐趣。

疫情期间，全县广大党员干部、医护人员、公安民警、基层工作者默默奋战在抗疫一线，为保障群众生命安全和身体健康尽心尽力。看到这些，钱清毫不犹豫地组织导游姐妹们参加宣传引导、小区值守等活动，为疫情防控出一份力。

2019 年，泰宁康辉旅行社被评为县巾帼文明岗。2020 年和 2021 年，又分别获得全市服务行业龙头企业、全省百强旅游业企业荣誉，连续两年县级景区输送客源排名第一。

陈乘赞

> 企业管理不是"过家家"，
> 每个股东都要先考虑整体利益，
> 这样企业才能够发展壮大。

"大家长"持家有道

——记大田县总商会副会长、福建永腾物流有限公司董事长陈乘赞

他被人称为"大家长"。2008 年以来，他成立了矿业、物流、贸易等 8 家企业，年产值过亿元。这些企业形成了加工、生产、贸易、运输一条完整的产业链，既把家乡上京镇历史遗留下的煤矸石变废为宝，又为近千人提供了在家门口就业的机会。

陈乘赞，这位"70 后"的大田后生仔，创造了属于自己的"传奇"。在创业道路上，他摔过、痛过、苦过，但就是没有认输过。他总是说："想做事先做人，实事求是，脚踏实地，自然能够走得更远。"

敢闯敢拼 煤矿掘金

"所有的成功都离不开勤奋。"陈乘赞说，这是亘古不变的真理。他在自己的办公室悬挂着"天道酬勤"的匾额，并坚守这一人生信条。

1997 年，陈乘赞高中毕业后，到一家单位上班。虽然家境不错，但是他从小自立自强、意志坚定，不怕累、敢拼搏。他白天上班，晚上熬夜去矿里拉煤，与人合伙做煤生意。

"白 + 黑"勤奋干活，陈乘赞很快积累了一笔资金。"回想那段日子，很苦，但又很充实。"陈乘赞说。

2008 年，恰逢上京镇有家煤矿重新整合。有着商业敏锐性的陈乘赞，看到煤炭行业很有发展前景，掏出自己赚的 100 多万元，又找亲戚朋友借来 300 多万元，投了进去。

投资煤矿有风险。"那时，经常是白天上班，晚上通宵下井检查作业面。"陈乘赞说，一般是早上主持班前安全会，然后签发票、文件等，这一忙往往就忙到中班班前会。有时，晚上时间，还要组织一线员工进行安全生产学习，宣传安全知识、讨论矿井管理和解决作业中遇到的问题。

任何一件小事，都可能成为大事，不忽视细节，是陈乘赞的一贯工作风格。对于会上员工提出的问题，会议结束后，他会叫上相关人员，一同去

161

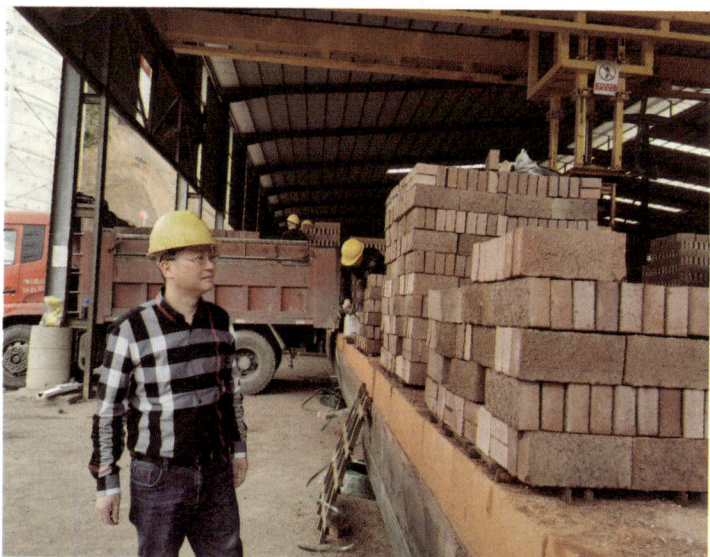

到砖厂检查工作

查看问题、解决问题。"很忙，工作也特别地谨慎，吃住都在矿里，最长一次连续 13 天没回家。" 陈乘赞说。由于管理得当，煤矿很快步入正轨，收益更是一天天增加。三年多时间，陈乘赞就还清了所有借款。

顺应潮流　延伸产业

在采矿过程中，同时也从井下采出了大量的矸石，这些矸石大面积堆存浪费土地资源，危害环境。这让陈乘赞十分头痛。

如何变废为宝？有人说，煤矸石可以烧成砖，是很好的建筑材料。经调研分析，陈乘赞认为，这方法可行，就成立了工贸、物流公司，负责煤矸石加工和运输业务。这样，陈乘赞不但解决了煤矸石堆放难题，也收获了一笔可观的额外财富。

近年来，互联网已渗透到每个人的日常生活中，"互联网化"更是成为推动物流行业向前发展的原动力。陈乘赞意识到，要想做强物流行业，就必须跟上时代发展的潮流。于是，他再成立一家物流公司，引进互联网管理模式，自己还专程到福州的大型物流公司学习取经。

"一开始被业内人士嘲笑，大家都说我是在做面子工程。" 陈乘赞提到永腾物流成立前后的状况，一脸无奈地说。永腾物流成立后，他大规模招兵买马，一次性购买 5 辆大挂车，招聘 12 名员工，装修办公室，统一着装，设置员工食堂。这些在当时看来确是有点"疯狂"了，毕竟一辆大挂车五六十万元，每个月要支付的工人工资也不是小数目。

但是，他坚持自己的目标理念，

还购置了智能物流管理软件，实现网络信息化、服务标准化、管理科学化。每辆运输车辆安装 GPS 全球定位系统，实现车辆在途全程追踪、实时监控，并通过严格控制发车时间、车辆在途时间，促使货物准点到达，确保高质量完成每一次运输任务。

目前，永腾物流有牵引车、自卸车等数十辆，总装载量 2000 多吨。2019 年，永腾物流被中国物流与采购联合会评为 AAA 物流企业，这是大田县首家获得该项荣誉的物流企业。

2020 年，陈乘赞又成立了一家贸易公司，专营轮胎销售。"几家物流企业的车辆对轮胎的需求量很大，自己经营轮胎，可以降低成本。"陈乘赞说。

脚踏实地　诚信经营

正所谓：手心手背都是肉。陈乘赞旗下有 8 家企业。当好这个家，怎么运营管理，是个大学问。

"企业管理不是'过家家'，要精细化，每个股东都要同心协力。"陈乘赞说，必须先考虑企业的整体利益，而后才能考虑股东和自己的利益，这样企业才能够发展壮大。

早些年，一块砖头才卖 0.19 元，砖厂效益不好，厂里的股东都没信心，但陈乘赞心里却是很稳。他是企业的"大家长"，站位考虑更全面、更理智。他知道，越是行情不好时，越需要沉得了气。发展遇到困难，是正常的事，关键是要把问题解决好，让企业运营回归正常。

众人拾柴火焰高。陈乘赞召集各位股东开会，摆事实、讲问题、提方案。"现在砖厂遇到困难了，股东利益要服务于企业整体利益，要携手渡过难关，只有这样，我们才可以共同发展。"在陈乘赞的努力下，几家关联企业相应降低了相关费用，并积极培育和拓展市场，砖厂渡过了艰难期。

"成功没有捷径的，都是比别人更勤奋。"陈乘赞说，自己每天睡前都会先安排好第二天的工作，每五年就做一次大规划。

陈乘赞说，现在正准备成立一家汽车修理厂，自己的车辆自己修，这也是产业链的另一种延伸。

"这个'大家长'，心也够大的。"常有人这样评价陈乘赞。随着经济社会的发展，创业的门路和机会也越来越多，但他认为，无论做什么，首先要严守法律道德底线，其二要多学习经商之道，其三要讲诚信会做人。

陈乘赞说，创业要善抓机遇、全力而为，既要仰望星空，也要脚踏实地，这样才会迎来成功的曙光。

陈春花

我回到了生我养我的地方，
家乡农业和家庭农场，
便是我的全部世界。

春花·秋实

——记建宁县溪口商会会长、福建省新康源农业有限公司总经理陈春花

思路决定出路，理念决定方向。山还是那山、树还是那树，阳光还是那阳光、空气还是那空气，但思路和理念一变，那山那树变得不一样了。春天栽种的希望之果苗，经过风吹雨打，在秋天收获丰硕果实。昔日的果园变成了美丽的农场，曾经滞销的梨子、桃子变成紧俏的水果。

因为对这片土地爱得深沉，陈春花把最美的青春献给了大山。放逐心中的梦想，她与新时代农业一路同行，从当地果农中脱颖而出，2018 年被授予全国新型职业农民称号。

闽江源头建宁，山清水秀，人杰地灵，绿色生态是最大的财富、最大的优势、最大的品牌。透过雪白的花海，陈春花看到的是春华与秋实，是这片土地的盎然生机。

寄托梦想的创业

"80 后"陈春花，人称"春花农场主"，是出生在建宁的泉州南安人，能说一口流利的闽南话。

2001 年 9 月，陈春花从宁化师范学校毕业，当其他同学还在互相交流要去哪所学校教书时，她却只身前往厦门找工作。许多亲朋好友对此很不理解，毕竟对一个女孩子来说教师是稳定而体面的工作。知女莫如父，身为农民的父亲理解女儿的想法，虽然无奈，却是全家唯一支持她的人。

乘着改革开放与经济特区大发展的春风，加上自身的努力拼搏，陈春花在厦门找到了自己满意的工作，做出了自己的事业，也如愿在厦门落了户。虽然自己的日子越过越好，但父母却越来越年迈了。陈春花时常牵绊着家乡。

2014 年，有次回家探亲，陈春花与家人及亲友邻居聊起来。每年水果采摘季却都让父母及家人异常忧愁，明明是黄花梨之乡的建宁，梨子却不

果树认养网络直播活动

已决心要回乡创业，走出一条与父辈截然不同的新农业之路。

父母对陈春花想要离厦返乡创业的想法一致反对："当年你那么坚持要去厦门闯事业，这些年工作稳定了，在厦门安家落户了，你这时候回到小县城创什么业呢？"

陈春花说："我想回家把家里的果园好好做起来，不忍心看着年迈的你们辛劳一年的付出，却得不到很好的回报。"父母异口同声地说："我们这么种树摘果，干了一辈子，早都习惯了，不想看着你回来再遭这罪。"她告诉父母："我已经有了自己的规划，有信心能把果园管好，你们给我五年试一试。"

与众不同的果园

因为拥有得天独厚的生态自然环境，建宁县黄花梨种植面积达10多万亩。由于其肉质晶莹、色泽如玉、细润甘甜，"建宁玉梨"区域公共品牌

能卖个好价钱；明明水土肥沃的建宁种出来的品质极佳的黄桃也遇同样的问题。有些年份，大家只能眼看着果子烂在树上，或者一筐筐地倒掉。

全国上下都在创新农业，建宁的果农为何搭不上致富班车？在外打拼的陈春花认为，管理果园还是要打破传统模式，除了生态种植外，一定要转型升级，把农旅结合起来。她此时

慢慢孕育而生，为建宁农业增效、农民致富和乡村振兴奠定了好基础。陈春花认为，随着农产品的供给侧向生态、绿色转变，绿色种植、养护是现代农业发展的大趋势。

农产品在市场上有竞争力，最重要的还是由它自身的品质决定。抓品质，从源头做起。陈春花大面积地采取大棚避雨管护，使用地膜进行生物除草，采用防虫板防虫、袋控施肥等技术。这样做好处多多，不仅能有效保持果园的水土，还能减少农药化肥的污染，这样生长的水果自然更加香甜可口细腻。

经过一年多改造，果园大变样，通过科学滴灌、施用有机肥、生物防

虫……传统果园升级为标准化生态果园。陈春花还建立了追溯体系，实行"一品一码"，使水果身份可追查。

春花农场梨的品种很多，有翠冠梨、翠玉梨、黄花梨等。"这是为了延长销售期。"陈春花说，早熟梨和晚熟梨采摘的时间间隔为一个月，但一个月的销售期远远不够。发展现代农业，还得学会"多腿走路"。2018 年以来，陈春花大力发展特色食品加工产业，围绕农产品的储藏及深加工进行研究，新建 100 吨农产品储藏保鲜库，建设蔬果深加工中心，生产制作无任何添加剂的罐头产品，进一步延伸了产业链。

2019 年，陈春花制作了 300 公斤的黄花梨果脯。"没想到成了爆款，供不应求。"顾客的好评，让陈春花寻找到了又一个商机。2020 年，陈春花引进了果脯加工生产线，在销售黄花梨鲜果的同时，同步生产黄花梨果脯。除了在线下销售外，还在淘宝、京东等各大电

纯手工制作的梨子干

春花农场民宿夜景

商平台上同步推出。

果园的改变还不仅仅是这些。"这梨树上还长了会'生钱'的宝贝。"陈春花笑说。原来，她口中说的会"生钱"的宝贝，指的是铁皮石斛，人称"仙草"。

看着这么大面积的果园，陈春花思考着，能否套种其他经济作物，增加收入呢？有一次，她了解到浙江金华、磐安等地的铁皮石斛种植企业，就是将铁皮石斛种在梨树上的。"我的农场里有1万多棵黄花梨树，可以套种试试。"陈春花去了浙江参观考察，从磐安买回了几十株铁皮石斛进行试种。没想到，建宁的黄花梨树很适合铁皮石斛生长。经过三年多的种植，面积由原来的几十株发展到现在的100多亩。

在果园里，只见梨树的枝干上长满了铁皮石斛，有的用麻绳捆绑在树干上，有的已看不见麻绳，细根扎进了树皮的缝隙里。陈春花介绍，铁皮石斛种在树上属仿野生种植，种植时间越长，茎和叶子的颜色越深。铁皮石斛套种在梨树上，不需要另外施肥，还可以吸收树内的水分和营养成分，同时还可减少病虫害的发生，不需要喷施农药，都是自然生长。"仙草"成功上树，是陈春花的意外收获。目前，春花农场里有石斛花、石斛粉、石斛片、石斛鲜条等产品，一年的产值可达20多万元。

除了在梨树上套种铁皮石斛，陈春花还在果园里养殖蜜蜂，既能提高果树坐果率，还能生产加工蜂蜜。

陈春花在果树上把文章做足，还把配套休闲娱乐做活。2019年，她提出"综合性家庭农场"理念思路，推行"农业＋旅游"发展模式，推出民宿、农家乐、农事体验等项目。"现在，这里并不只是一个果园，还有一些文旅活动。"陈春花说，在这里，游客不仅可以品尝和带回有机农产品，还能住在果园里享受田园生活的乐趣。

从果园到建宁县城仅6千米的路程，每年赏花季、采摘季都有很多游客慕名而来。2020年，通往果园的路面已拓宽，交通状况得到极大改善。"交通条件好了，游客量增加了1倍以上。"陈春花说。

不负初心的情怀

经过多年的努力耕耘，陈春花理想中的农场雏形初现，"吃住行游购娱"的旅游六要素基本具备。2019年，陈春花创建的全国优质农产品标准化生产基地通过考核验收；福建省政协举办首场远程协商会，建宁是户外连线点，她做了题为《农业与经济和体育旅游整合发展》的专题发言。她不仅得到了各级领导的肯定和有关部门的支持，还得到了社会各界的关注。她坦言，真是没有想到。

"自家的现代果园形态初现，但我们不能忘了乡亲们。"陈春花和周边农户建立了紧密的利益关联机制，先后解决就业140多人，带动农户200多户、建档立卡贫困户5户，每年直接增加农民收入80多万元、间接增加农民收入190多万元，在助力脱贫攻坚上尽了一份力。

这些帮扶的农户里有不少是周边农妇，陈春花与母亲手把手教会了她们农产品的分拣与包装及加工工艺，让她们不仅能够就业，还学习到一门技艺。农妇们在一起工作有说有笑、其乐融融。陈春花和父亲一直以来帮扶着残疾人员，其中有位听障老伯在果园里干了二十多年。"未来我们还会继续为助残公益事业多尽力、多做贡献。"她说。

"时过境迁、时光兜转，我回到了生我养我的地方，家乡农业和家庭农场，便是我的全部世界。"陈春花说罢，起身走向身后的那片果园，远处仿佛传来闽江源头水流潺潺的韵律。然而，她也深知，春花农场今日取得的成就，只是有了一个好起点，未来还有很长的路，唯有继续创新，才能跟得上时代的步伐。

陈文团

从这里流向远方的，
不仅是水，还有情怀与梦想，
而仙师泉的故事才刚刚开始。

良溪问泉　仙师有约

——记福建省仙师泉山泉水有限公司董事长陈文团

沿着溪流在林海里穿行，阳光下山水浮光跃金，流淌着岸上的峰峦和天上的白云。溪流的源头，就是仙师泉的厂房。两座"水槽"架在大山脚下，源源不断地往外输送着大自然的美好馈赠。

良溪，大田县太华镇华溪村的一个小自然村，一条蜿蜒小路隐没在树荫深处，漫步其间，满眼青翠，清风徐来，伴和虫吟鸟鸣，总是令人那么地心旷神怡。

青山绿水间的美丽传说，赋予那一汪清泉厚重的人文底蕴。那山、那泉、那人，娓娓讲述着仙师泉的过去、现在与未来。那个讲故事的人就是陈文团。

有故事的山泉水

"仙师泉是瓶有故事的山泉水。"陈文团绘声绘色地说，"传说，在北宋年间，先祖陈七在闾山学法，下山云游，路过一小溪，看见村后有人薅草，就上前讨水喝。那人看他是个道士，没给好脸色。陈七发现田边有泉眼，正想去取水解渴，却被那人故意搅浑……"

接着，陈七又来到了缺水干旱的良溪村，村里人把仅剩的一瓢水全递给了他。陈七深为感动，画符施法，点笔成泉，把山后的泉水全引到了村里。从此，良溪村有清泉涌动，滋养了田里的庄稼，也滋养了善良的村民。

传说，总是带有神话的成分，但是陈七确有其人。民国时期的《大田县志》中《方外志》记载："陈七，苏州开源人。咸平间，学道成，能穿山入石，驱除妖魔。云游至邑三十七都泰华（太华），寓丁指挥家。丁有女，遂招赘焉。爱濂溪（良溪）山水清佳，相与结茅栖真其间。亡何，丁指挥任职东京。时有驴妖，久为民害，丁招陈收斩之。"

厂区远景

本恒定在 7.7 左右，属弱碱性水。医学认为，弱碱性水可在人体内与体液结合成碱性化合物，能够软化血管、改善人体微循环、促进新陈代谢、增强免疫力。

仙师泉的水中还含有多种对人体有益的微量元素。"山泉水日出水量 5000 多吨，不受天时的变化而增减。"陈文团说，"村里人世代饮用这股泉水，没有发现谁得过糖尿病。"

陈文团介绍，陈七来到丁家后，得到了岳父一家人的呵护，分给田产，加上夫妇俩勤勉，会持家，家里人丁兴旺，华溪村人都是他的后代。

村里的老人还传说，陈七用良溪的泉水医治好了宋仁宗的病，他和妻子双双受封，却"以功赐爵秩不受"，回到良溪后继续修炼。后人建了"真泉宫"，用以祭祀纪念。

大山深处的良溪，山环水绕，植被茂盛，幽泉鸣涧，是福建省富硒水的水源地之一。这里山泉水清澈甘洌，醇美温润，如琼浆玉液。经国家地质实验测试中心检测，泉水为优质天然水，极低钠、低矿化度、中性偏碱、重碳酸钙镁锌型，pH 酸碱度基

有前景的仙师泉

故事流传了一千多年，每天看着泉水白花花地流掉，华溪村人难免感觉可惜。大家心里都在想，是否可以开发利用起来，让好水流向千家万户，同时村里人又有活干，还能够弘扬仙师文化呢？

2009 年，为了解决集镇商户和居民用水困难，太华镇政府牵头，在良溪自然村办自来水厂。山泉水清甜可

口，老百姓赞不绝口。第二年，镇里计划引进企业开发山泉水。

产业化生产，需要大量的资金和有情怀的人，镇领导和村民都想了到做煤生意的陈文团。

投资建厂，首期投资 500 万元。当时，村民代表开会讨论，陈文团建议，只要大家有兴趣，都可以一起参与。"因为投资有风险，没有人响应，但也没有人阻止。"陈文团说。

选址建厂，引进先进纳米级水处理设备，自动化生产。"国际标准的过滤设备，全美国进口的。"陈文团说，"目前，拥有全自动无菌灌装 330 毫升、560 毫升、4.8 升瓶装生产线两条，18 升桶装水生产线一条，日产能约 500 吨泉水。"

陈文团把这股"吸取深岩灵气，来自仙师点化"的泉水，取名为"仙师泉"，还注册了商标。2013 年，仙师泉取得生产许可证；2015 年 2 月，仙师泉取得食品用塑料包装容器工具制品生产许可证。"到目前为止，我累计投资了 3000 多万元，接下去还要继续投入。"陈文团说。

除了专业技术人员，企业现在用的员工全部是本地的村民，30 多个人在家门口上班，每个月都能领到 2000 多元工资。陈文团说："随着市场的拓展，企业产能还有很大的提升空间，如果按照设计方案估算，需要用工数是现在的好几倍。"

仙师泉为小分子水，是稀缺水资源，卖的价格比别的品牌贵，4 瓶装的 4.8 升灌装水，出厂价每箱贵 8 元，但消费者都认可。陈文团介绍，尤其

自动化生产线

赞助厦门"9·8"投洽会

是 2020 年，各地各行业都受到新冠肺炎疫情的影响，但对仙师泉的生产和销售影响并不大，因为水是生活必需品，大家都得喝。

有创新的营销法

仙师泉的销售区域目前定位在福建省内，采用"区域代理、逐级分销"的营销模式，销售网络主要在三明、南平、福州、泉州、厦门、莆田等地区，有部分销到北京、上海、江苏、浙江、广东等地。

通过参加各种大型招商活动，以及国家级的赛事，陈文团大力推广"至深至简，以水养生"的仙师泉系列产品。仙师泉是 2015 年全国健美操锦标赛的战略合作伙伴，2016 年全国乒乓球甲 A 联赛三明赛区的合作伙伴和第十八届、十九届中国国际投资贸易洽谈会唯一指定饮用水，第二届、三届中国海外投资新年论坛人民大会堂国粹唯一指定用水。2015 年，仙师泉被认定为福建省著名商标。

"推行体验店营销，在福州和厦门等城市，请消费者进店品尝试喝，让他们自己在比较中分出水的品质好差。"陈文团说，"小分子水含氧量更高，易于被人体吸收，有的顾客反映，用仙师泉泡的茶水会更香甜。"

商超是快销品的主战场，但陈列费、堆头费等，高得吓人，往往是赚到吃喝，不赚钱。陈文团坦言，自己的企业规模体量还不大，销售路子无法像大品牌那样走传统模式。但对国家级的大型会务活动，陈文团却不惜血本。有两次大型会议，陈文团免费提供瓶装水 4 万件、近 100 万瓶，还出了 40 万元赞助费。

2018 年，仙师泉与福建三钢集团合作，受托生产闽光牌系列山泉水。目前，每天三明的供给量为 600 桶、18 升瓶装水，泉州每两天也要送 1 车，年销售 200 多万元。

为践行"两山"理念、做活"仙师"文章，陈文团多方筹措资金，进行二期工程的规划与筹建。他说，第二期工程规划用地面积 30 亩，新建生产线 3 条，主要是天然山泉水及其他饮料类产品的开发和生产。

有梦想的创业路

陈文团是华溪村人，16 岁走出校门，在福建省汽车运输有限公司上班，跟车卖票。"那时的工作很累，从明溪到仙游坂头，里程 365 千米，路况差，车速慢，一趟长途，走走停停，要 19 个小时。"回忆起往事，陈文团脸上写满了自豪，"但是，报酬很丰厚，1988 年，每月就能领到 100 多元的工资。"

做了九年售票员，因为企业改制，陈文团只得另谋出路，跟别人合作学开饭店。失之东隅，收之桑榆。在大田县城关，陈文团做的牛系列小吃味道很好，生意非常红火，一天的收入近 2000 元。后来，他又去了三明学习饭店管理知识。

1997 年，快过年了，陈文团竟然独自一人去了深圳。"在一家私人企业里做管理，收入很可观，有时一天赚了七八千元。"陈文团说，那时，内地的物品比香港便宜，香港人来深圳购物和休闲，年纪大的人不爱走动，他就帮忙，赚钱相对容易。

这样做了六年，到了 2003 年，陈文团回大田做煤炭贸易，又买了煤矿，产销一条龙。2009 年，他当选为华溪村委会主任，村民们希望他带领大家一起致富、奔小康。

前些年，陈文团卸下了村委会主任职务，集中精力跑仙师泉业务，努力拓展市场，把市场量做大。

水流潺潺，昼夜不息。陈文团开着玩笑，自嘲说："别人赶着买房子转手，挣钱像'挣水'，我做水这么多年，却连本钱都还没收回来。"但他心里有数，信念坚定，他想用二十年时间，把仙师泉销往全国各地。

问渠那得清如许？为有源头活水来。良溪，那流淌着千万年的山泉水，因为被赋予了仙师泉之名，而开始闻名。从这里流向远方的，不仅是水，还有情怀与梦想，而陈文团与仙师泉的故事才刚刚开始。